国际大奖童书系列

地球的眼睛

[英] 依列娜·法吉恩 著
云 虹 译

南京大学出版社

图书在版编目(CIP)数据

地球的眼睛 /(英)依列娜·法吉恩
(Eleanor Farjeon)著;云虹译. — 南京:南京大学
出版社,2017.5
(国际大奖童书系列)
ISBN 978-7-305-18035-4

Ⅰ.地… Ⅱ.①依… ②云… Ⅲ.①儿童小说-中
篇小说-英国-现代 Ⅳ.①I561.84

中国版本图书馆CIP数据核字(2017)第037593号

出版发行 / 南京大学出版社
地　　址 / 南京市汉口路22号　　　　邮　　编 / 210093
出 版 人 / 金鑫荣　　　　　　　　　丛书策划 / 石　磊
项目统筹 / 游安良　　　　　　　　　丛书主编 / 刘荣跃　刘文翔

丛 书 名 / 国际大奖童书系列　　　　书　　名 / 地球的眼睛
著　　者 / 【英】依列娜·法吉恩　　译　　者 / 云　虹
责任编辑 / 朱　丽　宋冬昱　　　　　编辑热线 / 025-83597572
特约编辑 / 方丽华　　　　　　　　　责任校对 / 邓颖君
美术编辑 / Chloe　　　　　　　　　　内芯插画 / 虫子
印　　刷 / 深圳市鹰达印刷包装有限公司
开　　本 / 700×1000　1/16
印　　张 / 5.375　　　　　　　　　　字　　数 / 88千字
版　　次 / 2017年5月第1版　2017年5月第1次印刷
书　　号 / 978-7-305-18035-4
定　　价 / 19.80元

网　　址 / http://www.njupco.com
官方微博 / http://weibo.com/njupco
官方微信 / njupress
销售咨询热线 / 025-83594756

★版权所有　侵权必究
★凡购买南大版图书,如有印装质量问题,请与所购图书销售部门联系调换安东尼是在这个世界上最美丽的地方长大的——他的爸爸把这个地方叫作地球的眼睛。但是，对于安东尼来说，这个叫作地球的眼睛的地方，就是他家附近的磨坊池塘——那里才是最神奇的。安东尼的童年生活充满着欢乐，充满着奇妙。自从他出生以后，他就像被施了魔法一样，有了神奇的美妙经历。

这是一本美妙的历久弥新的故事书。

献给史丹利

1963年圣诞节

永远爱你的依列娜·法吉恩

作者序 PREFACE

在我主要为成年人写书的时候，我遇到了一个比我大十岁的男性朋友。我们经常会谈起各自的童年趣事，我们俩谈论的事情很不一样，不只是因为他的记忆比我早十年，也不是因为男孩和女孩的区别，而是因为我们生长的环境不同。我在伦敦这样的城市，他在萨默塞特郡那样的乡村。那些存在他记忆中的事情都来源于那些青草萋萋、清水粼粼的山坡草地，而且，生活在那儿的村民，他们的生活常识也是在这样的环境中形成的。小男孩的父亲是他们的修道院院长，知识渊博，阅历丰富。他能用优美的语言，从浅显的事例中讲出深刻的哲理，深得村民信服。小男孩就是在这充满道理的故事和诗歌一样的语言环境熏陶中长大的。

他在中年时对我讲的，不单单是他小时候的故事，更多的是那种对已经过去的儿童时代的恋念，对所经历的快乐、热情、焦虑、失望等各种情绪的纯美回忆。他的讲述生动形象，感情真挚，使人如临其境，感同身受。这些引人入胜的画面，深深地印在了我的脑海里，越来越清晰，越来越鲜活，吸引我写出了这本书。

这些故事本来自成一体，但在出版前，我又想把一些我们的成人故事和它放在一起，思虑再三，还是放弃了。童年的记忆不会消失，而会像季节一样循环往复。所以，我毫不犹豫地保留了这些童年故事。顺便说一下，我朋友的名字不是安东尼。我们约定要给他保密的。

然而，在题词部分我其实给了一个线索，通过这个线索，好朋友们能够猜得出他是谁。这个秘密可以说了。在他三岁时的一个夏日，大家找不到"安东尼"了，全家人都焦急地寻找他，最后在厨房花园的豌豆架中间找到了他，他正在把嫩豌豆从架子上捋下来和着豆荚一起吃呢。从那天起，"豆荚"就成了他的绰号，这个绰号至今都是我们这些爱他、亲近他的人一想起他就首先会想到的。

依列娜·法吉恩
1963年于汉普斯特德

目录 CONTENTS

地球的眼睛 / 1

芭芭和拉拉 / 5

银闪闪的新东西 / 9

能扇风的树 / 13

"美丽世界万花筒啊!" / 15

太阳山 / 17

雅各布的梯子 / 27

假装吃东西的人 / 37

安东尼去采黑莓 / 49

一人受伤,也殃及别人 / 59

蹦跳大娘 / 65

天上的蘑菇 / 77

神奇的钟 / 87

修道院院长的厨房 / 97

上学路上的风景 / 107

妈妈的两件大衣 / 113

美丽的米勒 / 123

听到树生长的人 / 131

罗马木偶人 / 141

在路上 / 147

穿过大树 / 157

穿过大门 / 163

地球的眼睛

安东尼生长在世界上最美丽的地方。他爸爸总是说这里是地球的眼睛。安东尼第一次听到他爸爸这样说的时候,他还小,根本不懂是什么意思。一些声音对他来说是有意义的,比如"喵——"就是猫咪,很长一段时间里,凡是一想到柔软,比如沙发垫子、妈妈的大衣袖子上的海豹毛,他就会想到猫咪,还有,勺子在盘上敲的声音,意思是开饭了;轻轻哼歌的声音就是该睡觉了;如果哼歌的声音大点儿,就是可以在大人的膝盖上跳舞了;哗哗倒水的声音就是要洗澡了。但是像"啊,亲爱的,这是地球的眼睛"这样的话,他第一次听到的时候根本就不懂。那是一个阳光明媚的春日,妈妈抱着他,和爸爸站在位于山腰的家门前,望着村外山坡上果园下面的磨坊池塘说的话。宏伟的山峦连绵起伏,幽深的山谷曲折沉静,山坡上绿草如茵,鲜花盛开,

好像一张绿毯把山体分成了两个世界，草地顺着山坡直上云霄，和蓝天白云连在了一起。远处山腰中的村庄就像是草地上的蘑菇丛。安东尼的家，就坐落在这样的小山村里。

　　村外的缓坡上有一个果园，果园旁边有一个用来做磨坊的石屋，一条临溪小路从村子直通石屋。果园坡脚下有一块长而窄的低洼平地，路旁小溪从这里流过，充满了明亮清澈的溪水，形成了一座池塘。因为紧挨着磨坊石屋，就称为磨坊池塘。从来没有哪一个磨坊池塘有如此的宁静和闪耀！池塘的下面边缘就是山谷，池水溢出，流下山谷，形成了几条美丽的瀑布。这方池塘镶嵌在鸢尾花瓣和金凤花叶中，池边的灌木丛中，不时有一些水鸟飞掠过水面。池塘周围，树木丛生，百草丰茂，杂花争艳，溪水叮咚。阳光照过林木掩映的溪水，明明暗暗，树影斑驳。这是一个充满了神奇、魔咒和冒险的地方。在这个寂静的磨坊池塘里，也藏着一个永远解不开的魔咒吧。它痴痴地躺在那里，守着一千个沉睡的秘密，似乎随时都有可能被惊扰。那个中了魔咒的公主，是不是就是那朵金色的鸢尾花？或者是那只灵巧的水鸟，穿着银衣，掠过池面？

　　路边小溪，从石屋下面流过，形成了一条暗沟，水车就在那里。水车上布满了阴冷的苔藓，伴着滴着水的黑黝黝的水箱，偷偷地活动着，有时搅动翻转，有时静止无声，而每一个水箱都有它自己的秘密。自打安东尼懂事起，他就想，这魔法水车一定是巫师的，而不是仙女的。那个在阴暗处滴着水的水箱总是有点儿让人害怕。安东尼不敢在那里逗留，他总是赶紧朝磨坊旁边的那道门走去，门通往长方形池塘边的草地。你可以顺着池塘，在这片平坦的草地上散步，但是对于小孩，却充满着危险，草地的边缘就是一处悬崖。春天的山谷蓬蓬勃勃开满了报春花——当然也有其他的花，但是报春花占大多数。磨坊的门是为大人进出的，一棵开裂的柳树挤靠着门框。树根的巨大裂缝和树干上两个正在腐烂的树洞并没有妨碍柳树长出新芽。孩子们就从裂缝中挤进去。夏天的时候，挤过树缝，柳树叶在他们头顶上闪烁微笑，到了冬天，柳树看起来就没有那么友好了。万一哪天柳树缝把你牢牢地抓住了呢？安东尼小的时候，在钻树洞时产生过这个想法。但是这却是唯一进入魔法池塘的路。如果你走大门，一定会错过什么的。

这时，安东尼常常听到他父亲说："这是地球的眼睛。"

在他听明白之前，"眼睛"这个词对于他已经有了一定意义。妈妈看着他以及他看着妈妈时那个清澈闪亮的小圆点就是眼睛。他爸爸站在房门口说的"这是地球的眼睛"包括所有他看到的：不仅包括果园，不仅包括那方池塘，不仅包括溪流，不仅包括那几块家里的土地，他指的是整个山谷和那些村落以及那些纵横交错点缀着鲜花和小动物的山间小道。

对于安东尼来说，从那时起，那句话就有了新的意义。地球的眼睛就是磨坊池塘。从家里往下看，透过繁花盛开的果园，它闪闪发光，就像妈妈的眼睛，在邀请他走近，走近，再走近，邀请他透过这只美丽的眼睛，看到上帝，看到地球。

芭芭和拉拉

安东尼有一个保姆叫芭芭,其实她的名字叫芭芭拉。差不多安东尼一出生,她就来照顾他了。在开始为他洗澡的时候,安东尼躺在芭芭拉的膝盖上湿漉漉地乱踢,她把他裹在软软的、暖暖的毛巾里,一边跟他聊天,一边把他擦干,还扯扯他的大脚趾。

"谁是芭芭拉的小鸭子?嘎——嘎!"芭芭拉模仿鸭子的样子说。

"谁是芭芭拉的小羊羔?咩——咩!"小羊说。

"谁是芭芭拉的小鸽子?咕——咕!"鸽子说。

"谁是芭芭拉的小牛犊?哞——哞!"小牛说,"哞——哞——哞!"

接着,她就假装吃了他一样使劲吻他。

过了一段时间,安东尼开始跟着她发这些声音了,"嘎——

嘎！咩——咩！咕——咕！哞——哞！"芭芭拉赶紧叫他妈妈过来听听他是多么聪明。有一天，他们根本没有玩这个游戏，安东尼的妈妈来到门口叫了一声"芭芭拉！"安东尼在保姆腿上扭来扭去，然后说道，"芭——芭！"所有人都笑了，更加觉得安东尼聪明可爱了。从此以后，安东尼就把芭芭拉叫作"芭芭"，其他人也跟着这样叫了。

有的人小时候是没有保姆的，但是安东尼一生下来就有两个。他妈妈想请一个小女孩来帮她做家务，也帮着带安东尼。村里的毕德利夫人认识山谷对面村里的兰博尔太太，"儿子女儿一大堆"，毕德利夫人说，"总有闺女适合做你家保姆的。"

"你能不能给兰博尔太太说说啊？"安东尼的妈妈说。

毕德利夫人就去问了。过了不久，两个胖墩墩的小姑娘来了，她俩一样高，鼻子长的一模一样，如果不是眼睛的颜色一个是蓝色的一个是棕色的，根本分不清楚她们。

安东尼的妈妈笑眯眯地看着她们，然后问那个蓝眼睛小姑娘："你叫什么名字？"

"我叫艾拉，太太。"

"你呢？"

"芭芭拉，太太。"棕眼睛小姑娘回答道。

"那你们谁来做保姆呢?"安东尼的妈妈问。

她们顿了顿,然后说:"我们是双胞胎,太太。"

"双胞胎啊。"安东尼的妈妈重复了一句。

"是的,太太。"两个小姑娘又行了一个屈膝礼。

所以,安东尼的妈妈就把她们俩都留了下来,安东尼就有了两个保姆。他爸爸知道后说:"幸亏生的不是三胞胎。"

不久芭芭拉和艾拉就被叫作芭芭和拉拉,全家人都这样叫她们。

前面你们已经知道安东尼是怎样给芭芭拉取名字的,艾拉得名的经历和这差不多。她经常抱着安东尼走来走去,嘴里常唱着一些无字的歌。

"啦——啦——啦——啦啦啦！"艾拉每天都这么唱。而每天安东尼的妈妈也总是在家里某个地方喊："艾拉！"

有一天，当安东尼的妈妈走进婴儿房喊着"艾拉"！安东尼就用艾拉那种唱歌的方式跟着喊："拉——拉！"于是，从那天起，艾拉就成了拉拉，就像芭芭拉变成了芭芭一样。

过了不久，双胞胎自己分了工。照顾婴儿归了芭芭，家务活归了拉拉。差不多过了一年，芭芭正式负责婴儿室，而拉拉就管理其他家务。

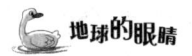

银闪闪的新东西

其实芭芭年龄一点儿都不大，她第一次给安东尼洗澡的时候才14岁，但是她和拉拉是家里十个孩子的老大，所以她9岁时就懂怎么给婴儿洗澡了。安东尼6岁时，芭芭已经20岁了，尽管她的个子才长到1.55米，但在安东尼眼中，芭芭很高大。也许安东尼根本没有想过她是高还是矮，是年轻还是老了。她只是他的芭芭，那个经常和他一起玩，有时又会责骂他几句，在他身边，而且永远都在他身边的人。他跟着她一会儿绕着老房子跑来跑去，一会儿又绕着花园跑，最后，他跟着芭芭跑出花园，穿过小路，到村里其他地方。有时，芭芭需要去很远的地方，她就会使劲亲一下安东尼，说："再见，我的小羊羔。芭芭要去市场了。不准哭哟，我回来给你带一个银闪闪的新东西。"

然后她就挽着篮子出去了。安东尼就在花园里玩，耳边回响着"银闪闪的新东西"。但是,就像敲钟的声音会很快消失一样,他转眼就把"银闪闪的新东西"给忘了。他忙着干活呢:把花园里别的地方的小花搬种到他的那块花园的空地里;在果园里把狗狗多弗套在一辆小车上,然后把掉下的果子装进小车,送给厨师去做苹果馅饼和水果馅点心。所以,芭芭从市场上回来的时候,他从来没有向她要过什么银闪闪的新东西。芭芭在他嘴里塞了一颗太妃糖,又在他脸上扎扎实实亲了一口,表扬他是一个好孩子,没有哭闹。这时他就感到心满意足了。

后来,安东尼又长大了一岁,芭芭说:"快过来,我的小羊羔,芭芭要去市场,你跟我一起去吧。"

"芭芭,我可以得到一个银闪闪的新东西吗?"安东尼问。

"当然啦!"芭芭痛快地说,没有多想。但是这次安东尼没有忘记,他没有想他的小花园、他的多弗狗、他的苹果,路上他一心一意只想着那银闪闪的新东西。

那条路还真长啊,好不容易他们到了市场。安东尼跟着芭芭在货摊间跑来跑去,那些货摊上的商品真是琳琅满目。在芭芭买黄油、印花布的时候,安东尼一直在摊子上张望,寻找那银闪闪的新东西,可是他怎么也找不到。

最后,芭芭说:"好了,小羊羔,我买齐了。我们最后买一分钱的太妃糖,我们就回家了。"

但是安东尼说:"我不想要太妃糖,我要银闪闪的新东西。"

芭芭开怀大笑起来,她总是喜欢这样笑。卖太妃糖的皮尔斯先生也笑了起来,他数出几颗太妃糖,芭芭付了一分钱给他。

"给!"芭芭说,把一颗太妃糖放进安东尼的手里,"这就是你的银闪闪的新东西,没错的。"

安东尼盯着那颗再熟悉不过的太妃糖,又盯着芭芭看了一眼,失望地把他的脸埋在芭芭的裙子里哭开了。

"噢,宝贝儿,噢,宝贝儿!"芭芭叫了起来,非常吃惊,"你不想要太妃糖了吗?"

"我想要银闪闪的新东西。"安东尼哭哭啼啼地说。

"真是个傻孩子!"芭芭责备道,"你给我听着,如果你再哭,以后我再也不带你来了。"

但是安东尼还是抽抽涕涕的:"我想要银闪闪的新东西。"

"哎呀,哪儿有这个东西啊。"芭芭说,"吃你的太妃糖,安静点儿,这就是你的银闪闪的新东西。皮尔斯先生,你见过这么傻的孩子吗?"

皮尔斯先生有着一张害羞但总是微笑的大脸,他从货摊上探下身，拍拍安东尼的背，"不要哭了，宝贝儿，我来给你一个银闪闪的新东西。"

安东尼止住了哭泣，从芭芭的裙子里探出头来，抬起满是鼻涕眼泪的脸望着皮尔斯先生。皮尔斯在柜台下摸索了一阵，拿出一个可爱的银闪闪的东西，非常新。它看上去像一个瓶子的颈部和顶部，但又不是，因为里面什么也没有。在顶部有一些字母，安东尼不认识，还有一颗星星，这个安东尼认识。

"噢，谢谢你！"安东尼说，心里充满了快乐。皮尔斯先生笑了，芭芭笑了，安东尼也笑了，却不知道为什么笑。由于那个银闪闪的新东西里面是空的，安东尼就把他的太妃糖放进去了，然后跟着芭芭颠颠地跑回家，黏糊糊的小手紧握着它，到家后，就把它松开，拿出太妃糖吃起来，然后跑进屋找多弗玩去了，那个银闪闪的新东西就不知被他丢到花园里什么地方了。

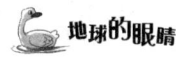

能扇风的树

夏天天气闷热,一点儿风都没有的时候,安东尼的妈妈会坐在果园里钉钉纽扣,缝缝补丁。时不时地她会停下来,打开漂亮的纸扇子,扇上一会儿。看到妈妈扇扇子的时候,安东尼不管在做什么,都会停下来盯着妈妈看,妈妈真是太神奇了,竟然用她的手和胳膊就能生出风来。有时他感到实在太热了,就会跑到妈妈那里去,说:"给我扇点风吧,妈妈!"于是妈妈就给他扇风,还用她精致的手绢给他擦擦额头和脸上的汗,然后把他抱到膝盖上看扇子上面的画。扇子的一面画着一枝梅花,梅花静静地伸展在折扇上面,就像安东尼头顶上那些果树枝,静静地伸展在无风的空气中一样。树枝摇动时会撩起一缕缕轻风。安东尼凝视着它们,对妈妈说:"树枝在扇风。"妈妈哈哈大笑,亲了亲他,还摸了摸他的头。

自此以后，只要树枝摇动，或慢或急，安东尼就知道随之会产生微风还是狂风。在很热无风的天气里，独自玩耍的安东尼有时会跑到最近的树下说："给我扇点风！"但是树一点儿反应都没有，他就会转身离开，心里想："妈妈会帮我扇风。"

虽然安东尼不能让树明白他的意思，但他照样会在很热的天气里，眼睛半开半合地躺在磨坊旁的小溪中的一个小岛上，躺在光与热交织的金绿色薄雾中，一动不动，像睡着了一样。但是他知道自己并没有睡着。很快，透过睫毛外那些游动的景色，安东尼看见在草地和树丛中，到处都有优雅的女士——白面子树、山杨树、白桦树——在扇着她们的扇子，她们走在山坡上，朝下面的山谷走去，一边走一边把头凑到一起，窃窃私语。光与热的薄雾开始轻轻地摇动，一阵气息从他的前额掠过，他知道那些风，只能是树扇出来的。

但是有时候在狂风呼啸的秋夜里，它们扇的风未免也太厉害了，安东尼被那些疯狂的扇子吵得睡不着觉。到了早晨，山谷里就会四处散落着破碎的扇子枝。

"美丽世界万花筒啊!"

这一天,安东尼过生日,吃早餐的时候他在餐盘边发现了一个玩具。这个玩具圆圆的像一根小擀面杖,不过比擀面杖更粗,却没有那么长,晃一晃会发出轻轻的咔嚓咔嚓的声音。它的一头还有一个可以看进去的孔,爸爸告诉安东尼,这是万花筒。

"万花筒是什么意思,爸爸?"

这个词有三层意思,他爸爸说,"万"就是很多,"花"就是美丽,"筒"是指形状。从小孔里看过去,这里面就是一个美丽的世界。

"我懂了!"安东尼说,"美丽世界万花筒啊!"他把眼睛对准那个孔,看到一个鲜艳的图样,就像阳光照耀下教堂里的彩绘玻璃窗。他转动万花筒,图样的形状伴随着咔嚓咔嚓的声音变化着。还是那些碎片,还是那些颜色,但是图样为什么就不一样了呢。他盯着这个新的多彩的世界，转动着变换图样，觉得自己怎么看都不会厌。睡觉了，他还舍不得，就把万花筒带上了床。

他睡着了，做了一个梦，梦到他刚出生，一个像图画书里巫师一样的老人站在他旁边，把他的第一个生日礼物放进了他的摇篮，那是一个很小的万花筒，让他从中看到世界。只要他不打破，他就能看到别人都无法看到的景象。但是一旦他弄坏了，这个景象就会消失。巫师走的时候对他说："摇一摇，不要打破了，只是摇一摇。"

安东尼醒了，耳边还回响着这句话。他在被子里找到他的万花筒，大声把那句话重述了出来。

芭芭跑过来，"你在喊什么啊？"

"摇一摇，不要打破了！"安东尼喊道。

安东尼皱着眉头，想记起那个梦，但是梦已经回到它们来的那个地方了。除了这句话，他一点儿都想不起其他的了。一整天，他都神气活现地在家里和花园里逛，把眼睛凑到万花筒上，嘴里唱着："摇一摇，不要打破！多彩的万花筒！"

太阳山

有时，安东尼会和爸爸妈妈一起去野餐。他们总是坐那辆小马车，驶出那片山谷，穿过通向巴斯城的那条大路，然后把马车留在农夫家的棚里，漫步到奇尔康姆谷底，那里生长着最美丽的花儿。奇尔康姆谷底就像一只盛满阳光的杯子，一边从上到下是绿色的梯田，一边从顶到底是密密的树木。他们回家时总是从谷底带回很多鲜花。有时，他们会去迷人谷的水芹菜地，就着水芹吃黄油和面包，然后带回一篮子水芹。有时，他们会爬上索尔斯博瑞山顶，安东尼认为那是世界的顶峰了，因为到别的地方都不需要爬那么长的路。那里清风拂面，阳光灿烂，索尔斯博瑞山顶就像一张煎饼，圆圆的，平平的，又好像一个巨人把山尖削去了一样。虽然顶是相对平的，但是也不可能从一边望到另一边，除非你站上中间那个山丘。山顶有点高低不平，就像煎饼在锅里

煎制鼓起的包。如果走到山顶的边缘，你就能把整个世界尽收眼底。但是如果你绕着山顶跑的话，估计要几个小时吧。有一天，安东尼离开正在准备野餐的爸爸妈妈，想独自绕着山顶跑一圈。最开始他还能看见爸爸妈妈的时候，他以为自己完全能做到。但是，当他看不见他们的时候，他就不知道会发生什么了。如果他一直朝前跑，是不是真的能回到他们身边呢？妈妈说，最后他肯定会回到他们身边的，因为索尔斯博瑞山顶就像他的铁环平放在那里。但是万一不是那么回事呢，他就永远那么跑下去？还有，万一他跑回去，他们不在那里呢？妈妈不在视线里，谁又说得准这些事呢？突然，安东尼回过头来拼命往回跑，感觉小心脏都怦怦地撞击着胸骨。很快他看到了妈妈，和刚才一样坐在原来的地方。他松了口气，重又转身跑到看不见她的地方。这时，他又停

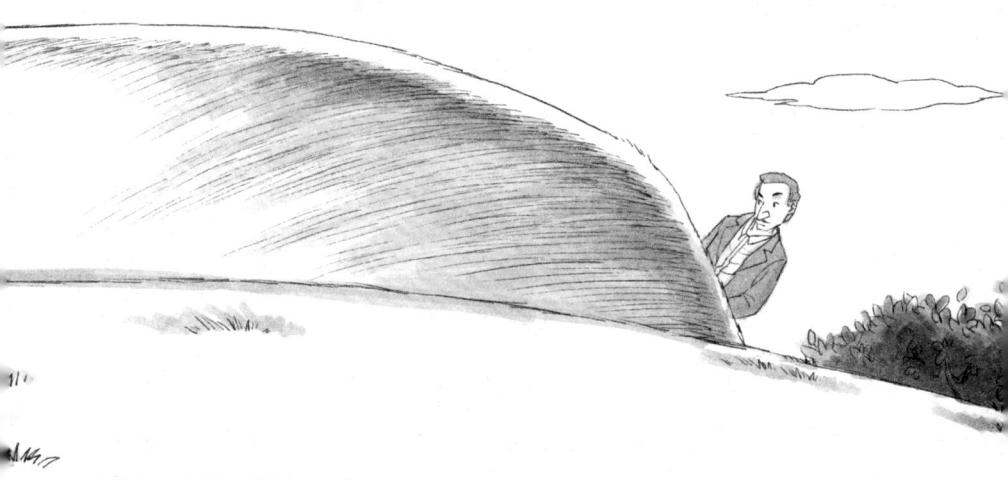

下来，不知道该继续跑下去还是该停下来。他在那里犹豫了好长时间，这时从另一边绕过来接他的爸爸，发现了他。

"嗨！"他爸爸说，"儿子，你没有跑很远嘛，是不是？你以为你会遇到什么？一个罗马人还是一个火石人？"

他牵着安东尼的手，一起绕着山顶路走，走了很长一段时间。爸爸一边走一边告诉安东尼，这座山名的意思就是太阳山的意思。很久以前很可能国王阿尔弗雷德曾经在这里走过，因为萨默塞特郡是他的领地。更久以前，罗马人曾经在索尔斯博瑞山上扎过营，比那还早，英国的火石人也在这里生活过。安东尼如果运气好的话，说不定还能找到他们留下的火石箭头呢。

"说不定还能找到一把罗马剑，或者国王阿尔弗雷德的王冠呢。"安东尼说。

"运气不会那么好吧。"爸爸说。

他们在那里努力寻找，不过那天没有找到一个箭头，也没有遇到罗马人，或者火石人，或者国王。但是，在远远的山顶边上，安东尼真切地看到了一匹小马，有着红红的肤色和淡黄色的鬃毛。小马静静地站着，太阳就在它的身后。它脖子上短短的鬃毛根根竖起，就像一把金色的梳子。小马轻快地甩动着淡黄色的尾巴，就像一股金色喷泉在上下飞舞。突然它嘶鸣起来，撩蹄奔跑，这时它的整个身体就像是一道金红色的光，跑到最远的山沿，消失了。安东尼紧紧地拽着爸爸的手。"这是太阳的小马吗？"他问道。

"看上去很像，是不是？但是我没有看见它的翅膀。"

"太阳的小马有翅膀吗？"安东尼问。

"当然！"

"叫它回来，爸爸，看看清楚啊。"安东尼求道。

他爸爸吹了声口哨，叫道："嗨！飞马！"但是那匹金色的小马没有回来，他们再也没有看见它。不过安东尼确信，刚才小马奔走的时候，他看见它张开了金色的翅膀。因为现在小马已经不在山顶了，它肯定是飞走了。安东尼的爸爸告诉他，如果他运气好能追上太阳的小马，坐在它背上飞行一次，那他就能看到很多美妙的事情，说不定还能写出一首诗来，让人们永远记住它。

回家的路上，安东尼想了很多关于飞马的事，同时也想了很多关于索尔斯博瑞山的事。这时他问爸爸："火石人长得像什么?"

"他的头发长长的,乱蓬蓬的遮挡着头和眼睛,像狗一样,手臂上汗毛很浓,冬天穿一身毛皮,夏天把身体涂成蓝色。"安东尼的爸爸说,后来他又补充道:"夏日涂身用蓝色,冬天御寒用兽皮。"安东尼从爸爸的声音里听出他在吟诗。

"那罗马人又长什么样子,爸爸?"

"哦,他戴着盔,持着盾,还配着剑,皮肤和眼睛都黑黝黝的,鼻子弯弯的很好看。"

"阿尔弗雷德国王又长什么样呢?"安东尼问。

他爸爸没有立即回答,他们继续走着,走到了路边一堆石头那里,石匠约翰·柏登坐在石堆边。约翰是个中等身材的汉子,肩膀很宽,身体精瘦而结实,他有一头乱蓬蓬的浅色头发,头发隐约带点红色。皮肤晒得很红,蓝眼睛,高颧骨,坐在那里干活时,一副善良、精明、有耐心的样子,是一个真正的萨默塞特郡人。

"今天干活可真热,约翰。"安东尼的爸爸说。

约翰·柏登放下手中的凿子回答:"是啊,先生。"他用手碰了碰额头向安东尼的妈妈致意,手腕上带着一条皮带子,他又朝安东尼友善地笑了笑。他们离开时,他又开始叮叮当当凿起石头来。

"国王阿尔弗雷德的样子和约翰·柏登很像。"安东尼的爸爸说。

从那以后，安东尼只要看到约翰在凿石头，就会走过去，在他身边站一会儿，这让约翰很高兴。他们有时聊上几句，有时什么也不说。约翰没读多少书，但是涉及鸟类和天气的话题或事情他都懂，安东尼慢慢认为他是自己认识的最有智慧的人。

他们一家再一次爬索尔斯博瑞山的时候，安东尼对他爸爸说："这次我要独自去逛一圈。"

"太好了。"他爸爸说。

"不要来接我，好吗？"安东尼说。

"好的。"爸爸回答。

安东尼就开始了环游世界之顶的旅行。这一次当他爸爸妈妈在视线里消失的时候，他也毫不犹豫。他继续往前走，循着一条小径走下去，那里阳光灿烂却寂静无声。在下面遥远的世界，有无数的河流、树林、道路和房屋，绵绵延伸，消失在薄雾中。而在这高山顶上，却只有绿草和蓝天，每次安东尼远望山顶的边缘，总觉得天空的蓝色降下来与地上的绿色融成了一片。他走着的时候，有时会低头看看脚下有没有弓箭头，有时会抬起头，看

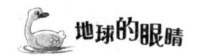

看天空飞翔的一只鸟。

那是他看到的最大的鸟，是从太阳里飞出来的。那是一只猎鹰吗？安东尼纳闷儿了。大鸟张开它那大大的金色翅膀，向下俯冲，每一根羽毛的尖上都像是着了火。那一定是只金鹰吧，安东尼想。它不断地向下俯冲，俯冲，正好在安东尼头上盘旋。他闭上眼睛，不知道它会不会用它的金色翅膀把他闷死，或者用它金色的爪子抓住他，把他带走，让他去做太阳的仆人。

当他睁开眼睛的时候，只见站在他面前的不是那只鸟，而是那匹鬃毛和尾巴都闪闪发光的金红色小马。这回它靠得很近，安东尼可以清清楚楚地看到它那对美丽的金色翅膀，它们正好贴近它的两肋。小马的蹄子和眼睛就像是晶莹剔透的琥珀。小马竖起它的鬃毛正在嘶鸣，可是声音像是由马嘶声变成了鸟鸣声，或者更像是黎明时百鸟齐唱的声音。那个嘶鸣的声音好像在清清楚楚地对安东尼说："跳上来，骑到我背上来吧！"

安东尼只一跳就坐到了马背上。那金色的小马慢跑了几步，就像鸟一样飞上了天空。当小马张开它那对金光耀眼的翅膀，载着他朝正午的太阳飞去时，安东尼感觉到了从未有过的欣喜若狂。那小马用各种鸟的技巧在天上飞翔，有时像燕八哥一样抖抖翅膀，有时像山雀一样猛扎下来，有时像云雀一样盘旋，有时又像海鸥一样滑翔。当它侧滑一段后，突然翻过身飞行，安东尼现在看到太阳在他的脚下，而整个大地却悬在他的头顶。小马仍然头朝下绕着索尔斯博瑞山顶飞翔，安东尼抬头打量山顶的时候，看见一匹狼从这头跑到那头，消失了，接着又来了一个全身长满毛发，身上披着兽皮的男人，他几乎是四肢着地地奔跑着，还朝空中猛掷了一个火石箭头。安东尼一把把它抓住了。后来，那个家伙好像再也忍不住他身上的兽皮，他在山顶边把它扔了下去，随后，绷直他修长而健壮的四肢，纵身跳入蓝天，安东尼以为他一定会落到自己头顶上来。但是他没有，却又跳回到了地面，像从水里爬上来的狗那样抖抖身体。安东尼看见他全身都染上了蓝色，蓝得像夏日里的天空。蓝色的大汉上下打量着自己，高兴地蹦蹦跳跳着消失了。

　　那金色的小马翻转身来，太阳又在头顶上，大地又在他们脚下了。不过，还没等安东尼回过神来，小马又颠倒过来，在索尔斯博瑞山上飞翔。那山又一次像天花板而不是地板了。这一次安东尼看到一个罗马人，他在天花板上大踏步地走来走去，长着鹰眼和坚毅挺直的鼻子，身体在太阳下闪闪发亮。不一会儿，他跨过了山顶的边缘，也消失了。在消失之前他停了一下，把手里的短剑扔向天空，被安东尼伸手接住了。

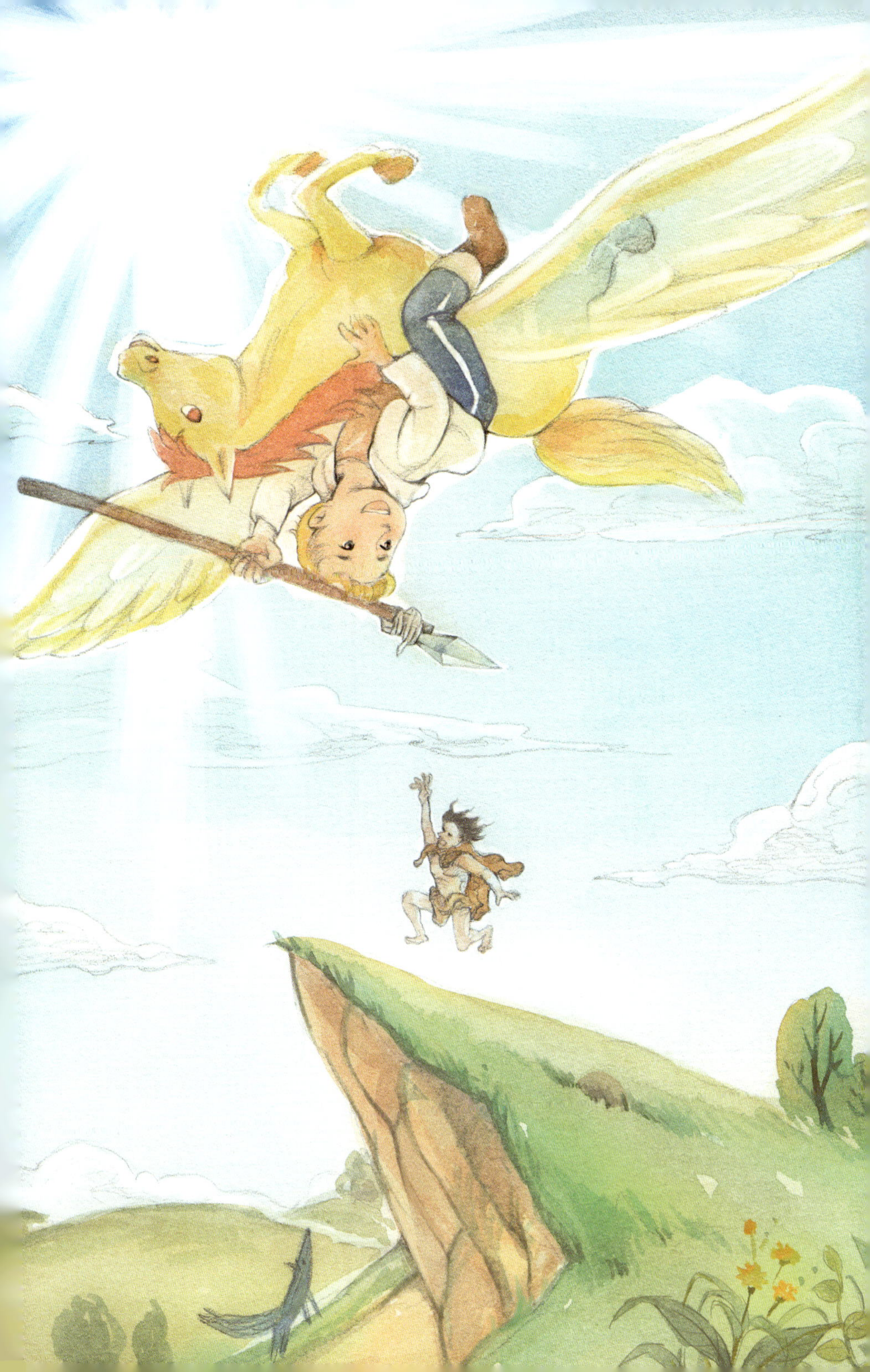

那金色的小马再一次翻转身来,太阳再一次到了头顶,大地又一次在他们脚下。接着小马又第三次在空中颠倒过来,大地和太阳又交换了位置,安东尼发现索尔斯博瑞山顶出现在他头顶上方。这一次山顶上坐着阿尔弗雷德国王,他旁边有一个巨大的石头堆,凿开这些石头要花好几个世纪的时间。尽管一辈子都没希望把这堆石头凿开,国王还是举起他的丁字镐砍了又砍,把石头砍成适合人们使用的石器。国王不紧不慢非常用心地干着活,安东尼看见太阳亮闪闪地照在他前额的金色饰物上,照在他胳膊上的金带上,也照在他胸前的珠宝上。他穿着朴素,那张脸活脱脱就像约翰·柏登。当他把手中的活停下来,看着安东尼的眼睛时,安东尼真希望他像约翰·柏登那样朝他善良地微笑。阿尔弗雷德像老朋友一样微笑着看着他,然后解下手腕上的金色带子,扔给安东尼。安东尼接住了腕带,这时小马又翻转身,太阳和大地又回到了它们自己的位置。小马在空中奋力地抖了抖身体,安东尼被小马的鬃毛和翅膀上闪耀出的万道金光晃花了眼,感到自己被抖落了下来,掉到了草地上。

"嗨,"他爸爸说,"运气怎么样啊?"

安东尼小心翼翼地展示他的宝贝:"这是一个弓箭头,爸爸。"他爸爸一本正经地看了看那块小石头。"这是罗马人的剑,当然了,是剑的一小部分。"他爸爸看了看一块破刀片,它已经在泥里生了锈。"这是阿尔弗雷德国王干活时带的。"安东尼说。他爸爸一看是一小块斑斑点点的皮子,它可能曾经是一根缰绳的一部分。

"你运气真的非常好,我亲爱的孩子,不是吗?"安东尼的爸爸说。

雅各布的梯子

安东尼渐渐长大,他对附近的山丘和山谷越来越熟悉,有一座最陡峭的山峰很难攀爬。但是这座山的一面有两行凿出来的小的踏脚洞,并排着朝山上延伸,直达山顶。小洞的周围都长着青草,洞口却露着黄白的干土。

"我想爬上去,芭芭。"有一天安东尼对他的小保姆说。他和芭芭坐在山谷里,安东尼在采花,芭芭在补袜子。

"那你必须要顺着雅各布的梯子爬才行。"芭芭说,冲着那两排小洞点了点头。

"那就是雅各布的梯子吗?"安东尼问。

"是的。"芭芭又点了点头。

"雅各布是谁?"

"噢,雅各布已经走了。"

"他到哪里去了？他上梯子那头去了吗？"

"我想是的。"

"梯子那头是什么呢，芭芭？"

"就是天堂呢。"芭芭说着，抬起头来看了一眼山顶高处的蓝天。

"雅各布会不会回来？"

"人是没法从天堂回来的。"芭芭虔诚地小声说。

安东尼仰望着天空。他真的想上去。他讨厌别人说"不行"，他凭什么不能做自己喜欢的事？他抬脚朝那些小洞走去，开始爬山。那座山几乎是贴着他小小的身子笔直朝上升，他只能用脚趾紧紧地抓住小洞，然后把他脏兮兮的拳头插进头顶上的小洞里。他费劲地爬了大约十个小洞后,发现山像一堵没完没了的墙,耸立在他面前,他突然觉得这件事对于他来说是太难了,虽然才爬了那么一点点,但是他已经不知道怎么下来了。如果只能永远贴在这里,脸朝山坡,该是多么可怕啊!他用一只脚使劲往下伸,却怎么也探不到下一个小洞。于是,他把脚跷到身后晃动着,像发信号一样,大叫:"芭芭,快来呀!"

芭芭麻利地跑过来,举起手抓住他的两条腿,把他拉下来骑在肩上,两个人一起滚到山脚下。

"这就是下场啊!"芭芭咯咯地笑着说,"你得等长大以后才能爬上天去呢。"

"雅各布多大的时候造的这个梯子呢?"

"他没有造梯子,他只是梦到了梯子。"芭芭说,"走,回去喝茶了。"

安东尼回家的一路上都在想心事。走过洗涤室,看见拉拉正在擦水壶。

"你们散步开心吗?"拉拉大声问道。

"是的,谢谢你。拉拉,雅各布是谁?"

"雅各布是一个普通人,他住帐篷里。"拉拉随口回答。

安东尼走进花园里,妈妈正在浇花。

"你和芭芭今天看到了什么?"妈妈问。

"我看到了雅各布的梯子。"安东尼说。

"好有意思啊,"妈妈说,"我也看到过雅各布的梯子。"

她指着花圃里一株开满了蓝色花朵的植物,"这就是雅各布的梯子。"妈妈说。

安东尼盯着蓝花看,仿佛他看得久了,就能看到雅各布爬在上面了。真是奇怪啊,这风马牛不相及的两样东西,怎么可能都是雅各布的梯子呢?

"安东尼你在盯着看什么?"爸爸来到他身后说。

"我在看雅各布的梯子。"安东尼说。

"哪天我会带你去巴斯城,让你看看真正的雅各布的梯子。"爸爸说。

"这个不是真正的吗?"安东尼问。

"当然是真的。"妈妈说。

几天后,爸爸开车去巴斯,把安东尼也带去了。到了那里,爸爸给他买了一个巴斯面包,让他边吃边等着爸爸。办完正事,他们去参观古老的修道院,那里有非常漂亮的石头拱门,爸爸说这叫飞扶壁。在宏伟的西大门上的两边,刻着两段台阶,就像两道石头梯子,通向修道院门脸上美丽的高塔。右边的梯子上有七个向上爬的天使，左边梯子有七个天使朝下爬。修道院的石头门比那座野草丛生的山坡更加陡峭，安东尼看到左边那七个朝下的小天使简直就是颠倒着往下的。

"看到了吗，"爸爸说，"这就是雅各布的梯子。"

"雅各布在哪儿？"安东尼问。

"噢，他在某个地方梦见了这一切。你要知道，那是他的一个梦。"

安东尼又看了看修道院阶梯上的天使。"难道这也是我的梦？"他暗自纳闷。

爸爸说："回家后，我给你讲讲这个故事吧。"那天晚上他来到安东尼的房里，坐在床边，读了雅各布如何从贝尔谢巴城出发去往哈兰城的故事。

雅各布突然降临到某一个地方，因为太阳已经落山，他在那里拿了一些石头，放在头下做枕头，就在那个地方躺下来睡觉。

"他开始做梦，梦见地上竖起一架梯子，那梯子一直升到天堂，他看见上帝身边的天使在那梯子上爬上爬下。又看见主站在梯子上说：'我是亚伯拉罕的父亲的主，也是以撒的主，是你躺的这片土地的主。我现在将它赐予你，你去播种吧。'"

安东尼的爸爸吻了吻他，跟他道了晚安就走了。

安东尼想着雅各布的故事，迟迟不能入睡。不管他怎么努力，都不能完全理解这一切。究竟哪一个是雅各布的梯子？是那座山？那些花？还是巴斯修道院的那些石头？安东尼都是亲眼见到的。但是如果雅各布是梦到的，像芭芭、爸爸和书上所说，他安东尼又怎么能看见它们呢？除非他也梦到它们？那雅各布又在哪里呢？

"我在山谷里，安东尼，快来爬我的梯子吧。"这时有一个声音从窗外传了进来。

安东尼下床跑到窗边去看。除了花和月光，花园里什么都没有。但是那个声音又传来了："在山谷里，在山谷里！"于是安东尼不再犹豫。他奔出屋子，穿过花园，经过那条小径，跑到雅各布那个山谷里，跑得比白天上下楼梯还快。

月光下的山谷和白天的样子完全不同。山谷里开满了像妈妈花园里一样的蓝色鲜花。在花的中间支着一个帐篷，帐篷外面躺着一个看上去普普通通的人，他穿着条纹的袍子。他的头枕着一堆石头，好像正在熟睡。

"你在做梦吗，雅各布？"安东尼跪在他旁边问。

"是的。"雅各布回答。

"你在做什么梦？"

"我梦到了我的梯子。"

"你的梯子是什么材料做的啊?"安东尼问道。

"它是光做的,它通向天堂。"

"不是山坡吗?"

"是的。它也是山坡。"

"那它不是鲜花做的了。"

"它也是鲜花做的。"

"那它不是石头做的了。"

"它也是石头做的。它是任何你喜欢的东西制成的。你一旦爬上去,就会带你去天堂。"

"我是想爬来着,"安东尼说,"但是那太难了。"

"你得先梦到它。"说着,雅各布又睡着了。

安东尼挨着他躺下来,头枕在一堆长草的土堆上。这时雅各布又说话了,"那太软了,用石头枕着才会做梦。"

所以,安东尼就找了一些石头做成枕头,然后再次闭上眼睛。刚一闭眼就看到那座山变样了,尽管还是绿色的,山却变成了巴斯修道院的样子,最终到达天堂的是两座绿色的塔,头顶着一些星星。它们的两旁就是往上升的长长的梯子,一个台阶就是一朵蓝色的花。小天使像鸟儿一样飞上飞下,上去的都头向着天空，下来的头朝着地。一眨眼工夫，安东尼就在他们中间了。他开始爬啊爬，顺着花阶而上，前前后后都是天使，他根本不用怕踩错台阶。

最后他站在了右边的塔顶上，站在了星星之间。在那里，有一大群男人和小天使在陪伴着他，他们在一片光亮中走动，那光亮跟平时白天和夜晚的光都不一样。他低下头去看下面的山谷，山谷显得那么遥远。他大声地喊："雅各布，雅各布，我爬上了塔，我在天堂了！"

"你在天堂，你在天堂！"天使一起唱道。

"你看得见我吗，雅各布？"安东尼在塔楼上大声喊道。

"看得见，看得很清楚。"他的旁边有一个声音说道，原来雅各布就站在他身边。

"我没有看见你上来，你跟在我后面吗？"安东尼问。

"我远远地走在你前面。"雅各布说，"安东尼，你现在到了这里，你喜欢吗？"

"喜欢，"安东尼回答说，"不过现在我要回去告诉我妈妈了。"

"你不能回去，你不能从天堂回去了！"那些天使取笑他。

"你要是不想待在这里，那你上来干什么呢？"雅各布问。

"我只是想来看看。"安东尼说。他从这个塔跑到那个塔，把脚伸到梯子的最上面那朵花上，由于太高了，往下看，他头都发晕。

"你得留下，你得留下！"小天使们唱着。

"噢，雅各布，"安东尼央求道，"你回去过的，我看见你在下面的。"

"那是一个梦。"雅各布说。

"那么这也是一个梦。"安东尼说，"你难道从来就没有走出过一个梦吗？"

"从来没有过，"雅各布说，"你只能梦见另一个梦。"

"那怎么做这个梦呢？"安东尼问。

"你得把你的头枕在石头上。"雅各布说。

安东尼又朝梯子下面看，他看见一朵朵鲜花都变成了一块块石头，而那些天使们，都头朝下一梯一梯地朝地球蹦跳下去了。

"如果你一定要下去，那就赶快，"雅各布说，"因为早晨一到，这个山就会展开它的扶壁飞走了。把你的头倒立在最上面那块石头上，开始做梦吧；你到了下面，就把这种子撒在你躺过的那块土地里，那块土地就永远是你的了。"在安东尼把头顶在那朵最上面的石头花上时，雅各布把一撮灰尘放进他的手里。然后,安东尼闭起眼睛又开始做起梦来。

砰砰砰,安东尼从一个台阶到一个台阶磕磕碰碰地到了地上,他手指一张,种子就撒了下去。种子一碰到地,就立即变成了蓝色的花。安东尼头朝下刚到达山谷,那座山带着它那长满青草的塔和开满鲜花的梯子,张开它那巨大的扶壁飞到蓝天上去了。

"这就对了!"雅各布哈哈大笑着,他还躺在他的帐篷外睡觉。但是,雅各布是睡着还是醒着?他人在这里还是在别的地方?那些石头是花还是花是石头?那座山是修道院还是修道院是山?甚至那是安东尼的第一个梦,还是第二个梦,或者是第三、第四个梦?安东尼怎么也弄不明白了。他所记住的就是:雅各布哈哈大笑地说,"这就对了!"那笑声和说话声与芭芭的一模一样。

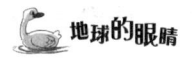

假装吃东西的人

安东尼家门前有一条小路，往前走一点儿就是木匠以利·道威斯的作坊。以利是萨默塞特郡最出色的木匠，方圆几里地之内的人家都喜欢找他干活。不管他干什么活，都干得非常好，比如给老教堂的屋顶做新梁，给园子做一个新的栅栏门，等等。他做的门能让人一眼就看出来，那都是结结实实、漂漂亮亮的橡树木做的栅栏门，那些柱子和门栏看上去仿佛他在干活的时候就很喜欢这些木头似的。磨坊和安东尼家里所有的木匠活全都出自他的手，他的作坊也是安东尼除家以外最早熟悉的地方之一。他长到能够自己出去走的时候，就摇摇摆摆地顺着小路，到那个作坊去。以利·道威斯正卷起袖子在那里刨木头。他的胳膊肌肉结实，他的手很粗糙，手指很短，指头方方正正的，可是他刨出来的刨花却薄得像纱，刨好的橡木板光滑得像磨坊水塘的水面。那美丽平整的表面上有许多纹路，有波浪形的线条和骰子般的圆点，就像平整的池塘水面有许多阳光的斑纹那样。假如你凑近了木板的表面仔细看，那成堆的点和线就像在你眼皮底下游动起来，和你看水中的点和线一样。这些点和线总是在那里，但是你又不能确定它们是不是相同的点和线，它们变化得（如果是有的话）那么迅速，你甚至看不清一个点的消失和另一个点的到来。一样东西怎么能这样如此静止又不停游动呢？

以利·道威斯看见安东尼在路上逛，便侧了侧头来招呼他，手里的活却没有停下来。"过来到里面来看看吧。"他说。小男孩心里巴不得这样，他急忙跑了进去，踩得地上厚厚的一层刨花沙沙作响。接着他看着刨子刷刷地在木板上滑动，那橡木板上面闪闪发光的纹路就展现在他的面前，像是翅膀和小鱼，或者更确切点，像是一些翅膀和小鱼在空中和水中向他打着招呼，而那橡木似乎动了起来，在水中游，在空中飞。趁以利停顿的工夫，安东尼摸了摸那些纹路。

"它们在动吗？"他问道。

"噢，"木匠说，"这棵老树还活着的时候，这些地方确实是动的。"

"树能动吗，道威斯先生？"

"任何生长的东西都会动,安东尼少爷。你看,这些线条表示年龄。一棵树每长一年就有一圈年轮。它被拦腰截断的时候,你就能根据它的年轮看出它的年纪了。"

安东尼摸了摸自己小小的身体,"我有六个年轮。"他说。

"你肯定是一棵很细很小的小树苗。"以利说着又开始工作起来。

"你有多少个年轮呢,道威斯先生?"

"将近五十个吧,说不定还更多,我自己也说不准。"

"要是你被拦腰截断,你就说得准了。"安东尼提醒道。

以利笑了,"那就不由我来决定了,安东尼少爷,当我被一截两段的时候,就得由老天爷来数我的年轮了。"

"那你就死了?"安东尼问。

"我们都有一死,亲爱的,不管是树也好,还是其他一切也好。"

"那它现在死了吗?"安东尼把手放在木板上。

"它再也不会长叶子了。我记得它长在那边的旧院子里的时候,它长了很多很多叶子,我也收集过好多这棵橡树的果实去喂猪。后来有一个夏天,大概是十五六年前,下了一场雷雨,它被雷电击中了,从此就把旧院子孤孤单单地留在那里了。"

"它好像没有死,"安东尼说着,小手指在木板的波纹上摸来摸去,"它一直在动。"

"它看上去就是那个样子,也许吧,但是它再也不会长叶子了。"

"那它会做些什么呢?"

"它会在腐烂之前,支撑一座教堂的屋顶。"

"道威斯先生,如果你被截成两半,你会不会像它那样动呢?"

"那个只有老天爷说了算了。"以利·道威斯说道,"亲爱的,要不要我来教你怎么使用刨子呢?"

安东尼高兴得差一点儿心都要跳出来了。以利给他找了把最小的刨子,用结实温暖的手把着安东尼的手,教他如何在木板上移动刨子。有以利扶着刨子时,安东尼刨起木板来就像水鸡掠过水面一样流畅。可是当他自己操作时,一开始刨子总是被卡住,无法推动,不过很快就容易多了。以利说他会成为一个出色的小木工。他把自己的凿子、锯子、钳子和一些小工具拿给安东尼看,还让安东尼一样样地试用。安东尼吃茶点的时间过了很久了,芭芭焦急万分地找到了他们。

"原来你跑到这儿来了!"芭芭责备道,"你让我找得好苦啊,你这个小坏蛋!我还以为你掉池塘里了呢。"

"我会刨木头了,芭芭!还会用凿子了!道威斯先生要教我做一个盒子!"安东尼大声嚷嚷道。

"咱们等着瞧吧。"芭芭抱怨地说。

"得了,芭芭,别那么紧张,"以利·道威斯说,"孩子愿意过来,就让他过来吧。他到这儿来,没什么害处,说不定还会有好处的。"

"没有害处才怪呢,这里到处是硬东西。我得先跟他父亲说说。"

没想到他父亲跟以利一样，认为安东尼在木匠的作坊里有好处，特别是在道威斯先生的作坊。"我知道，没有比他更好的木匠，更好的人了，"爸爸说，"在最穷的时候，他舍不得吃，但干活却从不马虎。"

"为什么他舍不得吃呢？"安东尼问。

"他要养那么多孩子，但是钱却少得可怜。"爸爸说。

"他现在也有很多很多孩子呀，"安东尼说，"还有贝尔迪呢。"

贝尔迪是以利·道威斯最小的孩子，是安东尼最要好的朋友之一。

"那是二十年前的事了，那时他还没有贝尔迪呢。"安东尼的爸爸说，"他在别人的店里干活，我听说到了吃饭的时候，别人都拿出自己的面包夹奶酪或者面包夹熏肉来吃，以利也打开他的手帕，拿出他的面包皮和一小块奶酪。但是以利只是拿奶酪做个样子，那一块奶酪他吃了几个月，最后变得像木头一样硬了。那时，他只吃得起面包皮，买不起奶酪。如果家里有多余的吃的，也是归孩子们或者道威斯夫人。"

第二天，安东尼到以利的作坊去做盒子了，拉拉满脸焦急地来找安东尼的妈妈。

"怎么了，拉拉？"

"夫人，对不起啊，我不知道是怎么回事，不可能是老鼠，但是我也没看到周围有吉普赛人呀。"

"到底是怎么回事啊，拉拉？"

"是奶酪，夫人，那一大块新鲜的切达奶酪不见了。"

"不见了——怎么会呢？"安东尼的妈妈说，"你意思是坏掉了吧？"

"不是的，夫人，是消失了。今天早晨还在厨房呢，现在却不见了。"

"厨房还有其他东西不见吗，拉拉？"

"没有别的了，夫人。窗户是关着的，也没有人进过门。"

"那可真是怪事儿，"安东尼的妈妈说，"它又不会自己跑掉。"

"当然不会，那块奶酪再美味可口也不可能长腿啊。"拉拉说，"夫人，要不您去看看吧？"

安东尼的妈妈就去厨房了，正在她和拉拉翻箱倒柜寻找的时候，安东尼和以利却在作坊里大嚼面包和切达奶酪，吃着他们的午饭。吃完午饭，以利带着安东尼顺着小路下来，手里拿着那块大奶酪，那是安东尼费了九牛二虎之力才搬到作坊的。他们一边走一边谈论安东尼刚才做的那个盒子。以利说："安东尼少爷，最要紧的是，你一开始就要把盒子的面弄正了，要是你的面弄得不正，其他所有的都会摇摇晃晃。做木工活是这样，生活也是这样。"

到了家，以利求见安东尼的爸爸，他一只手牵着安东尼，一只手拿着奶酪，走进书房。

"怎么了，以利？"安东尼的爸爸说。

"我希望你能原谅我，先生，"以利说着，把奶酪放在桌上，"我希望您能让安东尼少爷经常到作坊里来，他已经入门了，我能让他成为出色的木匠。如果他要带午饭的话，最好让他妈妈把午饭包起来，我已经跟少爷说过了，先生，少爷非要把这块奶酪留在我那里，但是我觉得这里面一定有点误会。"

安东尼的爸爸看看以利，又看看安东尼，然后看了看那块奶酪。安东尼一脸着急的样子，似乎想说点什么。

"没有，以利，"安东尼的爸爸说，"我认为这没有误会。如果你能把奶酪拿回去，带给道威斯太太，我和安东尼都会很高兴的。"

"哎呀，这能让她安排好几个月的伙食了，太感谢您了！"

以利说道。

"我要谢谢你教安东尼使用工具呢,以利。"

"我很乐意教他,先生,他会成为一个出色的木匠的。"以利重新拿起奶酪,转身离开,但是到了门口,他又停下来说:"当时我拿不准是不是该把它切开,可是小家伙特别想和我一起吃一顿真正工人的午饭,我不知道怎么拒绝他。"

"你做得很对,以利。"木匠离开后,安东尼发现自己已经在爸爸腿上坐着了,"怎么了,我亲爱的孩子?"

"爸爸,他没有假装吃,他真的吃了奶酪,我看着他吃的。"

"这很好嘛。"安东尼的爸爸说。

安东尼在以利的帮助下做好了盒子,用的是曾经生长在旧院里的那棵橡树的边角余料,就是十六年前被雷电劈开的那棵。盒子做好的那天,安东尼迫不及待地跑回家拿给妈妈看。他一边跑,一边翻来覆去地看,盒子不同的侧面,都看得到纹路和光斑,这让他深深地爱上了橡树。那棵树的精华就存在于那里,就像存在于以利给教堂屋顶做的横梁里一样。真的很难相信这木头已经死了,尽管那棵树已经不再长在地里。安东尼回家的路上要经过旧院,他突然想进去看看那棵橡树曾经生长的地方,他的盒子就是用它的木头做的。以利说，它遭雷击以后，就被齐根锯掉了，那个粗大的树桩还在那儿。安东尼从篱笆的一个豁口处钻了进去。

他来回找了很久才找到树桩。那个树桩几乎已经被泥土掩埋了，顶部已经发黑，长满了青苔。安东尼蹲下来，扒去一些上面的青苔，去找年轮。由于时间和风霜的侵蚀，年轮已经很难辨认清楚了。

"让老天爷去数吧。"有一个声音在他头顶上响起。

安东尼抬起头，看见一棵橡树高耸在他眼前，它一个劲地往上长，树枝都伸到天上去了。

"是你吗，道威斯先生？"他问。

"对，是我，安东尼少爷。"

"那你就是这棵橡树了？"

"看起来是这样，对吧？"

"道威斯先生，你是死了还是没死？难道雷电还是没有把你劈成两半？"

"我记得好像是劈成两半了，但我还是在这里。"

"如果你真的死了，你在这里做什么呢？"安东尼问。

"我在支撑教堂的屋顶，安东尼少爷。"

安东尼抬头望着天空，望着望着，似乎整个天空变成了一座大教堂的屋顶。在东边圣坛那里，一道闪电过来，把以利·道威斯劈成了两半。然而橡树并没有倒下，而是分裂成了许许多多的柱子，那些高大美丽的柱子，里面流淌着活生生的光斑和波纹。整个旧院都竖满了金木柱，它们向远方延伸，直到看不见的地方。它们覆盖了整个大地，覆盖了整个世界。

"道威斯先生，你说树已经死了。"

"我以为它死了，安东尼少爷。"

"树永远不会死。"柱子里那些金色声音说。

"你还说它再也长不出叶子，道威斯先生。"

"我以为它长不出了，安东尼少爷。"

"这树永远都会长叶子。"那些声音唱道。

"你在哪根柱子里？道威斯先生，哪根是你？"

"这我可不知道，安东尼少爷。"

"他在一根里，又在一切里。他可能被劈开，但是不能倒下。他死后将支撑上帝的荣耀，因为他生命的基础是正直的。"那些声音又唱道。

"什么是你生命的基础，道威斯先生？"

"我不知道呀，安东尼少爷。"

就在以利说话的时候，东边又劈来一道闪电，安东尼觉得，这成千上万的柱子好像被从根上劈断，它们就像出笼的小鸟，唱着歌径直朝天空飞去，消失不见了。安东尼又回头凝视着那个黑乎乎的树桩——它不再是一块木头，而成了一块奶酪，硬得像老橡树那样的奶酪。

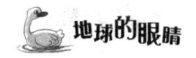

安东尼去采黑莓

对安东尼来说,事情有时候相当好,有时却不怎样。当事情令他满意的时候,他乐在其中,尽情享受。当事情令他不满意的时候,他就会怅然若失,然后想办法加以改善。爸爸给他解释了电报是怎么回事后,他最喜欢的一个游戏就是假装自己是电报线里的电。在果园里,他经常把自己做好的电文纸挂在果树之间拉起的绳子上,自己在旁边用最快的速度奔跑,一边用手拍打电文纸,让它向前移动,从一头移到另一头。快点,快点,再快点!但怎么也不够快,怎么也不能以最快的速度跑过去。真是慢啊!

还有,为什么事情总是一成不变呢!"每天都做同样的事,我们活着到底为了什么呢?"一天芭芭喊他去散步,他问道。为什么他们总是顺着那条路去散步?为什么他们不可以时不时地像鸟一样在空中散步,或像鼹鼠那样在地底下散步呢?

安东尼有时候感到沮丧，因为事情总是那么慢，变化那么小，太让人失望了。但有一件事永远也不会令他失望，那就是到莱姆太太家去。莱姆太太家在马德威克，那是一栋美丽的灰色石头房子，带有山墙，像是一座小庄园改成的农舍，高高地耸立在那儿，从那里可以俯瞰下面连绵不断的山谷。那里最好的房间要数铺着石板的大厨房了。安东尼第一次去的时候，莱姆太太让他坐在桌子旁，给他吃李子蘸奶油，甜甜的紫色李子和浓浓的黄色奶油，好吃又好看。从那之后，安东尼每次去马德威克，他都会得到一碗美丽的奶油和当季的水果吃，木莓、葡萄、草莓、杏子、李子或者青梅。他知道在莱姆太太家得到这种款待永远不会落空，而且总是跟记忆中的一样好，还指望将来也永远这样。

　　有些本来应该很愉快的事情，却有可能令人失望，比如圣诞节和生日。日历上的大多数日子，都静悄悄地排着队走来，没有特别的色彩装扮，至少他没有幻想有特别的色彩。然而当这些日子过完了，他才发现那是多么可爱的一天又一天啊。本来不抱任何幻想和希望的，结果却得到满满的喜悦和惊喜。这些日子不会让他失望，因为本来就没什么期待。可是圣诞节和生日就不一样了。他是那么眼巴巴地盼着它们的到来，简直就是迫不及待了。他早就看到它们穿着金色华服，手里捧满了礼物。有时候这些礼物都是他想要的，或者和他想要的差不了多少；但有时礼物就显得很少，比他想象的少得多，这时圣诞节和生日就从远远走来时的灿烂辉煌变成黯淡无光了。

一些次要的日子，比如盖伊·福克斯节，也是他事先就盼望的，却很少让他失望。篝火和烟花总是如约而至，除非下雨或是感冒了。就算篝火没有立即点燃，烟花有点受潮，也不会真正令人失望。你一直在期待着，因此任何一点儿小小的结果就会燃起你的希望，任何一点儿大的结果就会让你喜出望外。一个勉强燃放成功的罗马烟花筒就是完全的成功，而一个完全燃放成功的火箭炮筒直就是大获成功——你没有时间思考，只在它高高飞起、炸裂开来、色彩斑斓烟花四溅的时候，感受到那突如其来的狂喜。这时你就会惊讶地发现你得到了你所期待的喜悦。

"你最喜欢什么？玩具还是烟花？"安东尼问他的保姆。

"烟花美丽，不过玩具玩的时间就长多了。"芭芭说。

"玩具能永远玩吗？"安东尼问。

"只要你不把它们弄坏。"

"我能把它们带到天堂去吗？"

"噢，不行噢，我的小羊羔，"芭芭说，"那可不行。"

安东尼感到世界一下子变得黑暗了，他的小嘴噘了起来。

"那还有什么用？"不能把自己的玩具带到天堂，它们还有什么意思呢？说得倒好听，只要不把玩具弄坏，它们就会永远在，其实根本就不会永远在……

爸爸又在花园里放了一个火箭炮。

"哇！"安东尼抓住芭芭的手，他的目光掠过夜空，追寻着那道高高飞起的火焰的金色轨迹。它的顶端像朵朵花蕾把枝压弯了那样，在空中画了一条弧线，然后把星星般的花朵撒向天空，一朵红，一朵蓝，一朵白，一朵绿，都向他飘来。安东尼伸出小手，想抓住一朵，拿在手上，仔细端详。可是，那些彩色星星还没飘到他眼前就融化消失在空中了。不过它们在安东尼内心点燃的神奇，完好无损地保留了下来，永不会消失。

安东尼盼望特殊的日子，也盼望特殊的季节。比如黑莓季节和下雪季节。雪从来不会让他失望，它来去都不打招呼，你没法算出它哪天来，所以你就不会指望这一点。而当雪真的来时，你就能充分享受那份喜悦。下雪的乐趣永远不会失去，今年冬天和去年冬天一样精彩。

可是采黑莓会令人失望。安东尼总是指望黑莓又多又好吃。它们有时确实很多，但是总是不如去年的好吃。它们要么不够大，要么不够黑，他从来就没在索姆斯特郡采到过最好的黑莓。安东尼总觉得最好的黑莓在下一簇灌木里，可是当他跑到下一簇灌木时，最好的黑莓又在更前面一簇里了——而且面前这一簇还不如刚才离开的那簇呢。安东尼往往回到家里，翻遍了他的收

获,总是觉得这些黑莓不够好,不配拿去送给妈妈。于是,他拿出墨水瓶,把篮子里最大的黑莓涂得更黑一点儿,放在最上面,然后才送到妈妈的房间。妈妈赞不绝口地收下了,安东尼的脸上和手上都沾满了黑莓汁和墨水,离开时差不多心满意足了,以为妈妈真的相信他的黑莓确实那么好。他自己也几乎相信本来就是那么黑,他差不多把它们弄成自己希望的样子了,因为上帝没有把它们弄得那么好。

他妈妈叹了一口气,微微地笑了,因为世界并不完全像安东尼希望的那样好。

有一天,安东尼的眼睛被打青了,是被贝尔迪·道威斯打的,他回到家时感到头很痛。见此情景,芭芭又大惊小怪起来。

"谁把你打成这样啊?"

"是贝尔迪。"

"这个小坏蛋,我非得教训教训他,瞧着吧!"

安东尼的妈妈走进房来问道:"怎么回事,芭芭?"

芭芭直指安东尼的眼睛说:"是小贝尔迪干的,我要找他算账!"

"安东尼,你和贝尔迪吵架了吗?"

"是的,妈妈。"

"为了什么呢？"

安东尼自己也不清楚。

"好吧，没关系，我们来看看怎么办。"

安东尼的头确实很疼，妈妈给他的眼睛敷上药后就让他上床了。安东尼巴不得这样。他一点儿也不生贝尔迪的气。他把贝尔迪的鼻子打出了血，贝尔迪才把他的眼睛打青了。现在他可以享受芭芭的愤愤不平和妈妈的温柔体贴了。当她俩都陪在他身边时，他非常安静地躺着，请求芭芭把窗户关上，只留下一道缝，让一点点光线进来，好让芭芭可以念故事给他听。当只剩下他一个人时，他就老是下床到镜子前去看他的眼睛。那个瘀青很显眼，而且每次看上去都比上次更显眼。

第二天早晨，他的眼睛青得更厉害了，实在吓人，但令他吃惊的是，他不再感到头疼了，就连眼睛也不再是一碰就疼。这怎么可能呢？一只眼睛变得那么像黑莓——不管是熟的还是生的，肯定会疼的，不疼不合情理啊。安东尼相信自己的情况更糟糕了。所以当芭芭进来的时候，他非常安静地躺着。

"哎呀，你怎么了，小懒虫？"

"我一定得起床吗？"安东尼的声音那么虚弱，连他自己都感动了。一滴眼泪从他眼睛里淌了下来。芭芭走到他面前，看着他的眼泪。

"你觉得不舒服吗，小羊羔？"

安东尼摇摇头。

芭芭把他妈妈找来了。

"我今天要去上学吗，妈妈？"安东尼已经在村里的小学校上学了。妈妈拉开窗帘，看着他的眼睛，光线洒进来的时候，安东尼皱了皱眉。像他这样的眼睛一定受不了阳光。

"你的头还疼吗，安东尼？"

安东尼点点头。他那只明显瘀青的眼睛一块红，一块蓝，一块绿，一块紫的。他相信自己的头是疼的。

"你今天不用上学了。"妈妈说。

"我一定得起床吗？"

"等吃了早饭，看看情况再说吧。"

在床上吃早饭那可是一个了不起的待遇。吃过早饭，安东尼并没有感到好多少。他请求芭芭把窗帘拉上，然后躺了下来。妈妈若有所思地看着他。现在去打扰他显然是有点残忍。

那一天过得很慢。下午安东尼拿了一本书，藏在枕头下面。生病是一件非常非常了不起的事情，但是没有人在房间里关心自己，又觉得未免有一些沉闷。不过，不去上学还是不错的。

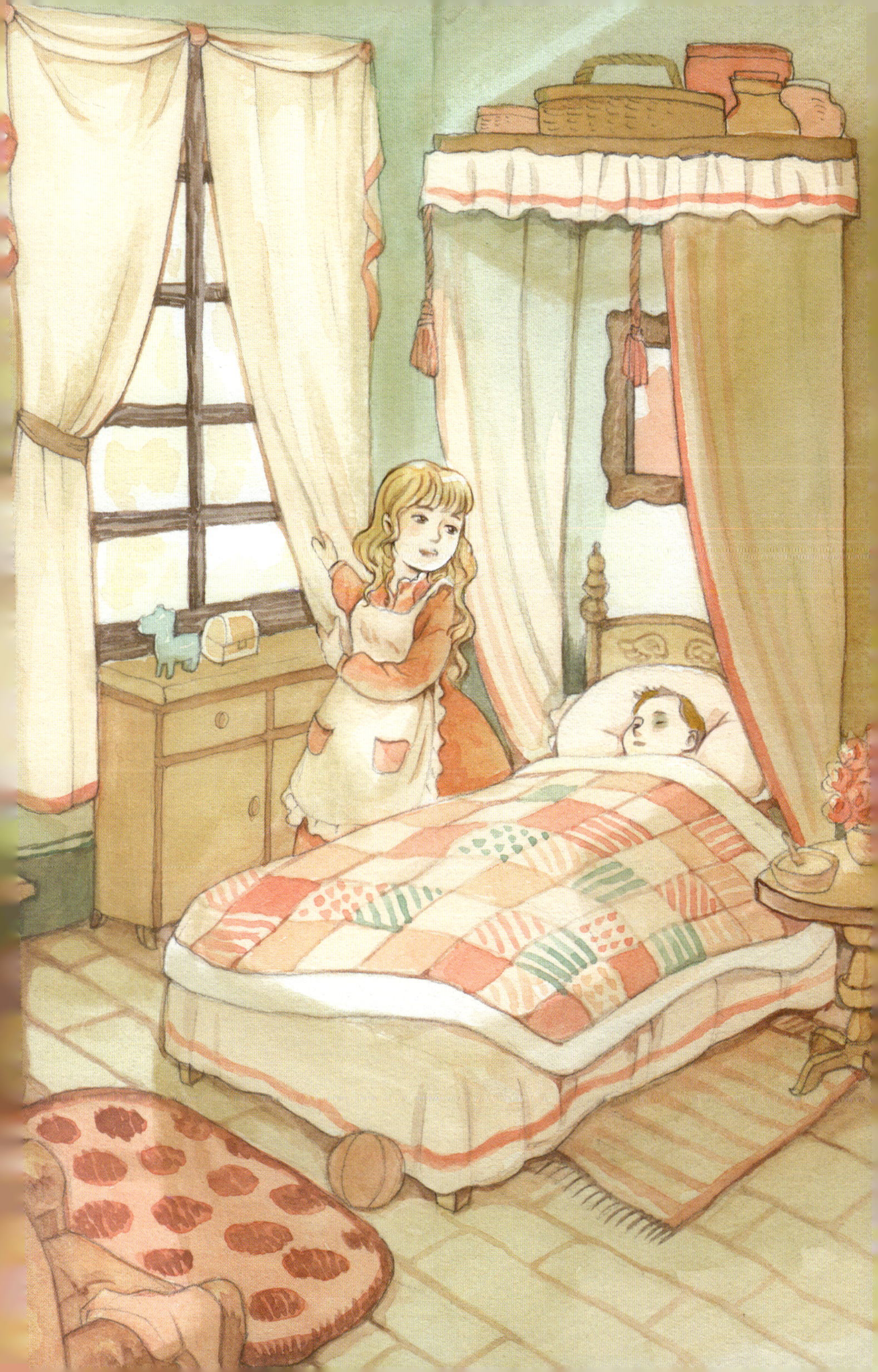

第二天一大早,芭芭还没来,安东尼就在镜子里瞧了瞧他的眼睛,他很懊恼地看到颜色已经消退了。一种很有趣的黄色代替了原来的黑莓色。但是金黄色的眼皮在他心里都没感觉到严重,更何况别人呢。他悄悄找来墨水瓶,尽量把眼睛恢复成原来的样子。如果说它跟原来有什么不同,那就是颜色更黑了。在妈妈穿着灰色睡衣进来看他之前,他又躺回床上去了。

"早上好,宝贝儿。"妈妈走向窗子。

"噢,妈妈,求求你别拉窗帘,我的眼睛不舒服。"

妈妈走过来坐在床边。"让我看看。"她轻轻把安东尼蒙住脸的被单拉开。"天啦,天啦!"她喃喃道。

"是不是看上去很严重啊,妈妈?"安东尼声音颤抖地问。他又开始觉得自己非常虚弱了。

"颜色发黑,"妈妈说,"我看我们需要让房间亮一点儿,亲爱的。"

安东尼躺在枕头上,像一个快要死了的人。妈妈拉开窗帘,又看了看。"还好!"她说着又轻轻碰了碰他的眼皮,"不像看上去那么严重。"

"是吗,妈妈?"

"我看我们可以把黑色褪掉一点儿。"妈妈愉快地说,然后拿来了海绵和热水。"并不都是瘀血,只需要好好洗一洗。"于是她开始给安东尼擦洗起来。

"褪掉了吗,妈妈?我是不是好些了?"

"噢,好多了。"

"还不能去上学,对吗,妈妈?"

"哦,我看你可以去上学了,亲爱的。"

安东尼坐了起来,觉得又有力气了。妈妈给他拿来一面小镜子,他看了看青肿消退的眼睛,从床上起来了。能重新下地走路真不错啊。他穿着衣服,感觉就像是从鬼门关逃出来的人。尽管不是真的,也差不多如此了。

在学校里,他详详细细地给贝尔迪·道威斯描述了他的眼睛,贝尔迪也告诉他,在鼻子止血之前,血染红了他多少张手帕,多少件衣服。他们都为自己和对方感到骄傲。

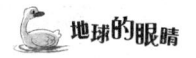

一人受伤，也殃及别人

有一天，安东尼的妈妈完全有理由在某件事上对他生气。她是完全对的，而安东尼完全是错的。安东尼自己也很清楚这一点。但是怪就怪在，你错了，你心里也知道这一点，可就是没法把这些话说出口。你站在妈妈面前，像个哑巴似的一声不吭。你心里的那些话老在那里翻腾着想蹦出来，你以为妈妈一定听见了，但是她并没有听见。她要走出房间去了吗？要是她再等一会儿就好了，安东尼就会说出这些话了。她又等了一小会儿，可他还是没有说——就是说不出口。他把这些话想了又想，这些话已经到了嘴边了，可是他的嘴唇像一把门闩把它们闩住了。为什么说不出口呢？妈妈要走掉了吗？要是她走了，他的机会就没有了。妈妈，你别走。还好，她还没有走。但是她的脸冷冷地对着他：

"你不能告诉我吗,安东尼?"

他像哑巴一样站着。难道她听不见他正在跟她说话吗?或许她听见了,可他这样气呼呼地站着,她又能干什么呢?妈妈站了起来。噢,妈妈,你要走吗?留下来,我会告诉你的,我这就准备讲了。她在门口等了一会儿,什么也没等到。她走了出去,门关上了。他的机会没有了。噢,为什么她不再等一等?那是她的错,因为她没有等,他马上就要说了,可是她却走出了房间。

当然,安东尼可以追出去,但是,不,那样做,难度太大了。于是,他走进了花园,愁眉苦脸地在那里走来走去,不知道该怎么办才好。

噢,他真受不了!受不了妈妈的冷面孔。他一定要让她回心转意,赢回她的心。妈妈用她的冷面孔伤害了他,让他对自己的行为感到难过。他一定也要伤害她,让她也难过,很难过,非常难过,为了他而难过,就像他为自己很难过一样。

贝尔迪以前曾经教过他做一件很奇特的事,做马咬印。任何有勇气的人都能够在自己胳膊上做出一个马咬的印子。贝尔迪·道威斯在自己的小胳膊上表演了一下,很骄傲地把伤口给安东尼看。卷起一个袖子,用另一只粗糙的袖口用力摩擦你的胳膊,擦呀擦,把皮都擦掉了,然后再继续擦,直到擦到你胳膊上有一个椭圆形的伤口。

安东尼卷起袖子，在自己胳膊上弄出了一个马咬印，看着很吓人。弄好以后，他自己都差点吓着了。不过做这件事给他一种夹杂着痛苦的快乐。不知怎的，有了这个看得见的伤口，那个看不见的伤口就不那么疼了。他奔到妈妈那里，呜呜地哭了，真的哭出了眼泪。因为别的原因，他一直忍着不让眼泪流下来，现在他没有必要再忍了。他跑到妈妈跟前，伸出胳膊。

"看看，妈妈，看看我的伤口！"

他的妈妈吓坏了。她的冷面孔消失的，取而代之的是惊慌和爱怜，这便是安东尼最好的安慰了。

"安东尼，亲爱的，这是怎么了？"

"这是一个马咬印。"安东尼抽抽噎噎地说。

马咬印？他被马咬了吗？是什么马？一匹陌生的马。在小道上，跑过来，咬了他就跑掉了？

当妈妈给他敷药的时候，安东尼心满意足地看到她又重新爱他了。她不是一个大惊小怪的人，但此刻她真的很担心他。她安慰了他，擦干了他的眼泪，也不说重话吓他。很快他离开了妈妈，怀着愉快的心情去作坊找以利去了。以利正在刨木板，抬起头来说：

"嗨,伤着了?"

"是的。"安东尼说。

"怎么回事?"

"哦,没什么。"安东尼没有跟以利说这是马咬印。以利·道威斯是贝尔迪的父亲,他这个把戏就是贝尔迪教的,很可能以利也知道它呢。而且,他并不想对他的朋友以利撒谎,尽管刚才他没有顾忌地对妈妈撒了谎。那是因为,他和妈妈的关系需要调整,而他和以利之间的关系没有问题。

"那你今天不能干活了,亲爱的。"以利说。

"我可以用锤子干活。"安东尼说。

"没有需要用锤子干的活哟。"以利继续干自己的,"听说你父亲农场的收成不好,我很难过。"过了一会儿他说。

"你为什么难过呢?"安东尼问。

"一个男子汉,又是一个绅士,你爸爸就是这样一个人。"以利一边刨木板一边说,"你知道吗,亲爱的,一个人受伤,也会殃及别人。"

"是吗?"安东尼很奇怪,爸爸的农场收成不好怎么会让以利也遭殃呢。"你也有农场,以利?"

"我吗?不是。不过事情都是有关联的,安东尼少爷。你瞧，就比如：如果时运对某一个人好，对其他人同样也好。当时运对他不好时，其他人也会有这样的感觉。我本来今年夏天准备给你父亲的旧谷仓换个房顶的。"

"现在不换了吗？"

"现在不换了。你爸爸来看我，说，'我们得等一等再换了，以利，我今年亏损了。'所以，明白了吧，一人受伤，也会殃及别人。"

"你不会挨饿吧，以利，你会吗？"

"上帝保佑，不会！倒霉的日子总会过去的。当时运又来找他的时候，它们也会来找我了。大家都是互相关联着的。"

安东尼跑回家的时候，耳边一直响着以利这句话。因为在他的生命中还是头一次明白，一个人受伤也会殃及别的人。他对妈妈那么狠心，也就是对自己狠心。事情都是互相关联，拴在一起的。

他急匆匆地进屋去找妈妈，她正坐在那里做针线活儿。她用往常的面孔看着他，而不再是冷冰冰的，对着往常那张脸说话容易多了。他跑向她："哦，妈妈！"

"什么事？安东尼，胳膊还痛吗？"

"不，不怎么痛了，妈妈。"

"那太好了。"妈妈说着,把他抱上腿。安东尼用脸摩擦着妈妈的肩,低声地说:"妈妈,我真的想告诉您……"

"那就说出来吧。"妈妈一边说一边摇着他。

这些早晨没法告诉她的话毫不费力就说出来了。是的,它们一说出来,一切就好了。安东尼看到自己的伤口跟妈妈的伤口一起消失了。以利说得太对了。

只有一件事他没有说,就是那个马咬印。出于某种原因,他不想告诉她。反正,现在妈妈不再烦恼了,他也就不再烦恼了。再说了,如果他把这个把戏告诉妈妈,以后他就不能再用了。

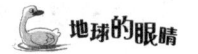

蹦跳大娘

从索尔思伯瑞山通向迷人谷的大桥下,住着一个巫婆。安东尼知道她是个巫婆,因为贝尔迪这样告诉他的。那天他和贝尔迪一起躺在大桥附近的一块石头上晒太阳,第一次注意到靠近山脚下有一个小小的茅舍。茅舍的一头有一个烟囱高高竖起,有房子那么高。从这里只能看见茅舍的后身和破败不堪的墙根那儿的一小簇灌木,墙上有一扇摇摇欲坠的门。一棵很高的树长在下面的山坡上,树梢和茅舍屋顶的天窗一样高。一小股细细的烟像一缕散乱的灰色头发一样,从烟囱里盘旋而出。

"贝尔迪,谁住在那儿?"安东尼问。他希望没有人住在里面,如果它没有主人,那里该是多么好玩的地方啊。

"蹦跳大娘住在那里,"贝尔迪说,"她是一个巫婆。"

"真是一个巫婆啊,贝尔迪?"

"我妈带我去找过她,她用魔法把我手上的疣子除掉了。"贝尔迪说。

"她是怎么除掉它们的呢?"安东尼问。

"她把嘴里一直在嚼的东西拿出来敷在我的疣子上,我正要走的时候,她在我耳边轻轻地说了几句话。"

"她说了什么?"

"我也不知道,反正弄得我耳朵直痒痒,过了一个月,我的那些疣子就不见了。"

"她长什么样?"

"就是一个老太婆。如果你想看的话,你可以到后门偷偷地看她。她可能会生气,向你扑过来。她不喜欢别人偷看她。不过我偷看过她。"

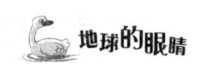

"那她向你扑过来了吗?"

"给我治过疣子后,她就不扑过来了。没有被她治过的,她就会扑过来呢。不过如果你想去看的话,可以和我一起去。"

安东尼正在考虑的时候,一只黑白相间的喜鹊从茅舍天窗边的树梢上飞了出来,其实,安东尼觉得它似乎就是从窗户里直接飞出来的。

"那是她吗,贝尔迪?"安东尼问。

"不是呢,瞧你多傻,"贝尔迪嘲笑地说,"那只是她的喜鹊。"

"她的喜鹊?"

"我想是吧。那是一只淘气的小鸟。我们下去看巫婆吧?"

安东尼决定先不去偷看。他想去，又不想去。他更想到另一边去看看她那快要倒塌的房子是什么样子。屋顶的那个天窗正在太阳下朝他眨眼——没准就是蹦跳大娘的眼睛呢。那一股从烟囱里飘出来的烟可能就是她的头发。还有那只喜鹊——如果不是她自己，也可能是一个淘气的孩子，因为偷看了她，结果让她扑出来施了魔法，变成了这样。既然那个巫婆能在贝尔迪耳边轻轻念几句咒语，就能除掉他的疣子，那她还有什么不能变的呢？

安东尼回到家里，还一直想着巫婆的事。他越来越想去茅舍里面看看。这件事越是难办到，他越是想去。他发现自己一星期有两三次在那个大石头旁徘徊，从那里可以看到蹦跳大娘的后门。有一次，他甚至下山向它走去，可还没到那里，那只喜鹊就从他头上飞过，飞到屋顶天窗旁的那棵树上去了。它准是看见了他，正要去向巫婆报告。安东尼赶紧跑走了。

他又试了第二次，这次喜鹊没有出现。但是巫婆本人却从那扇摇摇欲坠的门里走了出来。她又老又瘦，弓着腰，穿一件破破烂烂的连衣裙，外面罩一条黑色围裙，肩上披着一条用钩针编织的黑披肩，手里拿着几根柴棍儿。安东尼一看见她，人就变成了一尊石像，全身不能动弹。他抬起头来一看，巫婆发现了他！她把柴棍儿一丢，举起两只皮包骨头的胳膊，像两只没有羽毛的翅

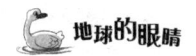

膀一样向他挥舞。就是这个古怪的动作使她的黑披肩在她的肩胛骨上忽上忽下的,让她稀稀拉拉的头发四面飘散。她什么也没有说,只是站在那里挥舞着胳膊,赶安东尼走。一下子,似乎是魔咒解除,安东尼的四肢又能动了,他转过身拼命地逃走了。后来安东尼再也没有试过去偷看茅舍了。

几个月后,安东尼病了。起初,妈妈用简单的药物给他治疗。在这期间,他心情烦燥,芭芭喂他吃药、给他抹药膏时都责备他,叫他不要做坏脾气的孩子。后来他就病迷糊了,安东尼有时看见医生站在床边,有时是芭芭或拉拉坐在那里。爸爸经常来,而妈妈从来没有离开过房间。有时爸爸、妈妈、芭芭和医生都挤在房间里。有时安东尼听到房间里轻轻的说话声,却听不清在说什么。有时又听到叽叽喳喳说话,叽叽喳喳的声音吵得他头好疼,他们为什么不停下来呢?他想睡觉,可那声音太吵,他睡不着。

他再一次睁开眼的时候,看见蹦跳大娘坐在他的床边。这次他把她看得很清楚了。他许多年没有把人看得那么清楚过了。蹦跳大娘那双黑眼睛像是要把他看穿看透,但安东尼一点儿也不害怕。尽管这双眼睛没有一丝笑意,但似乎看到了一切,这总是一种安慰。她把一只手放在安东尼的前额上,俯下身子,对着他的耳朵轻轻说话。

"好了，孩子，安东尼必须睡觉了。"她悄声说。

"可是我睡不着啊，叽叽喳喳的声音太吵了。"安东尼烦躁地说。

"那就别再叽叽喳喳了。"

"你是说我？"

"当然是说你，你这只喜鹊。你这么叽叽喳喳的，让安东尼怎么睡觉？来吧，出来吧。"

她不断地在他耳边轻轻地说着话，最后，安东尼脑子里的喜鹊终于飞出来了。喜鹊飞出安东尼的耳朵，落在了蹦跳大娘的肩上。喜鹊安东尼看着这张床，一个跟自己一模一样的男孩很安静地躺在床上。

"他睡着了吗？"变成喜鹊的安东尼问。

"我想是的，现在他摆脱了你，你这个顽皮的小鸟。来，跟我走吧，我把你安放到一个能让你把话说个够的地方。"

蹦跳大娘离开房间，顺着小路，走过山坡，朝她的茅舍走去。终于，变成喜鹊的安东尼能从另一边看茅舍了，还能看到茅舍里面。这一看真是使他大吃一惊！原来房子另一边一点儿都不破烂。一道整洁的绿门，两边是两扇窗户。窗户下面生长着一排美丽的鲜花。房间里面，白色的墙，地上铺的红砖，灰色的橡木横梁，有的直，有的弯。窗台上放着花盆，壁炉前铺着一块颜色鲜艳的地毯，壁炉台上挂满了干草药。那壁炉深得像是一个小房间，木头燃起的炉火上，用钩子拌着一个黑色罐子。罐子里散发出一种香香的味道，那热气袅袅地升入长长的烟囱里去。地毯上蹲着一只灰色的小猫，两只眼睛是金黄色的。

"我给你带来了一个玩伴，马尔金。"蹦跳大娘说道，她把喜鹊安东尼放在那块地毯上。

那只灰色的猫慢慢朝喜鹊安东尼走去，他们很快成了朋友。他们在房间里跑来跑去地玩游戏，蹦跳大娘照顾着罐子。

"你在那里干什么？"喜鹊

问。"给安东尼做吃的。""我能吃点吗?""不行,只能给安东尼一个人吃。""那我可以拿去给他吗?""当然不可以。你不在,安东尼好多了。""难道我不是安东尼吗?"

"你只是一只顽皮的喜鹊。"蹦跳大娘回答。

过了一会儿,她把煮好的东西装在一个小瓶里,拿出了门,马尔金猫和喜鹊安东尼留在家里吃晚饭。他们围坐在一张乌黑橡木小圆桌旁,马尔金猫吃的是一盘奶油,喜鹊吃的是一碗豆子。蹦跳大娘回来时,喜鹊问道:"安东尼怎么样?"

"摆脱了你,他好多了。"蹦跳大娘说,"来,到你房间去。"她领着喜鹊上了楼梯,来到屋顶上的小房间。里面空荡荡的,只有一个三只脚的凳子和一张窄窄的床,上面铺着一条拼布被子。喜鹊认出,上面的一块块布,是从女人、小孩的衣服上扯下来的,也有色彩鲜艳的手帕,都是村里的人用过的东西。喜鹊还看出其中一块是从贝尔迪衬衫上扯下来的。

"好有趣的被子啊!"喜鹊说。

"做这条被子要用各种各样的材料,"蹦跳大娘说,"还差安东尼的,然后就大功告成了。"

"我们什么时候完成呢?"喜鹊问。

"什么时候你回家去,把安东尼带给我就完成了。"

"那是什么时候？"

"还没到七年呢，"蹦跳大娘说："七年是我养一只鸟的时间，然后你就可以回去了。但我必须得到报酬才能放你走。"

她打开屋顶的天窗，喜鹊看见一个十分可爱的绿色房间，里面洒满了阳光和树影构成的斑斑点点。墙和天花板都是树叶，有可以歇息的树枝，有可以睡觉的鸟巢。鸟巢的一边靠着一个树洞，喜鹊往洞里看，发现里面是一堆闪闪发光的宝贝。

"那是什么呀？"他问。

"那都是你们这些淘气的鸟给我拿回的东西。"蹦跳大娘说，"你们都是小偷和守财奴，所以我才喜欢你们。巫婆也需要报酬哈。"

"那你就是巫婆哦？"

"那当然啦！"蹦跳大娘骄傲地说。

整整七年，喜鹊安东尼住在巫婆窗户外的大树上。他过得很开心：跟那只猫玩，吃喝不愁，在月光和阳光下飞来飞去，听村里的人闲言碎语家长里短，蹦跳大娘熬药的时候，他就把这些话讲给她听。这样一来，巫婆对方圆好几里发生的事都了如指掌。有时他看见小孩子们偷看茅舍的后门时，蹦跳大娘挥舞着胳膊将他们赶跑。

"他们都怕你，蹦跳大娘。"喜鹊笑着说。

"可不是嘛，这些小傻瓜。"她说。

"嘿，这也不奇怪，"喜鹊说，"你那么凶地扑向他们。"

"那他们也不应该从后门来呀，"蹦跳大娘说，"每一件事都有好的一面，有坏的一面。"

每天晚上，喜鹊都问："安东尼怎么样了？"每天晚上蹦跳大娘都回答："好多了。"到了第七年底，喜鹊又问这个问题，她却回答："安东尼全好了，你可以付款回去了。"

"我付给你什么呢，蹦跳大娘？"

"你悄悄溜进安东尼的耳朵，在他脑子里找出一块尖尖的小石头，那块石头在他脑子里作怪。你肯定一看就知道，那上面写着我的名字，那就是我需要的报酬。你要轻点，千万不要把他吵醒了。"

那喜鹊就直接飞去安东尼家了。过了七年，那里对于他来说已经很陌生了。卧室的窗户开着，他像影子一样飞了进去，轻得连坐在炉火边的芭芭都没注意到。安东尼在床上睡得很安静，也没发现。喜鹊悄悄钻进他的耳朵，在他的脑子里寻找，终于发现了那块尖尖的小石头。石头上写着一句话："我怕蹦跳大娘。"喜鹊就带着它飞回去了。"就是这个！"巫婆说，她拿来一根

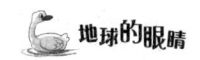

针，在石头上那句话里补了一个"不"字，刚写完，尖尖的小石头就变成了一颗玫瑰蓝宝石。

"真好玩。"喜鹊说。

"没什么好玩的，"巫婆说，"每件事都有两面性。你把它丢进树洞里就回家去吧。"

"芭芭，"安东尼在床上坐起来说，"我现在几岁了？"

"上帝保佑！"芭芭叫着跑过来亲他，"快躺下，心肝！"

"我究竟多大啊？"

"这你都不记得了？上次过生日你七岁。"

"两个七是多少，芭芭？"

"那是十四，小鸭子。不过你别去操这个心了，芭芭去给你拿杯好喝的。"

当他喝完，安东尼问："蹦跳大娘来了吗？"

"来过了，"芭芭说，"你肯定见过她。是的，我的小羊羔，正好七天前的晚上她来过。"

"你真的确定我不是十四岁，芭芭？"

"绝对能确定！好了，闭上你的眼睛吧，我的小羊羔。"

安东尼能够重新起床以后，妈妈带他去看蹦跳大娘。他们从另一边进的那个茅舍，就是有绿门的一边。蹦跳大娘出来迎接他们，穿着一件崭新的灰裙子，系着印花围裙。他们一起喝茶，她给安东尼一小块蛋糕，还让安东尼和那个灰猫一起玩。当他们要离开的时候，蹦跳大娘问安东尼的妈妈，能不能给一块安东尼的小手帕，她想缝在那条拼布被子上。她说那是她的一个爱好。她把他们领到楼上，走进那个屋顶下的房间，安东尼的妈妈欣赏拼布被子的时候，安东尼透过窗户凝视着那棵树。他知道，在树根的某个地方，躺着一颗蓝宝石，上面闪闪发光地写着：

"我不怕蹦跳大娘。"

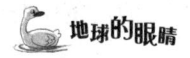

天上的蘑菇

　　安东尼住的村子里有一个傻子，大家都叫他傻子比利。他像绵羊一样从不伤害人。谁也不知道他是怎么生活的。他睡在山坡边上的一个小棚子里，棚子没有别的用处，不知怎么就成了傻子比利的住处。棚子的主人也很愿意他去住，要不那个棚子东倒西歪的早就塌了。比利穿的那件破破烂烂的旧外衣，本来是穿在稻草人身上的，人家也愿意他拿去穿。他还有一顶旧帽子，是在阴沟里捡的。也许这就是傻子比利能够生存下去的秘密——他满足于这些别人不需要的东西：那个快倒塌的棚子，那件破破烂烂的外衣，那顶被丢弃的帽子，那双破得没人要的靴子，还有那些别人拿去喂猪的残汤剩饭。就那么一点点随便的东西，就能使傻子比利非常开心。没有一个人对他不好，他走到哪儿也都是半咧着嘴傻笑。他有一双水汪汪的蓝眼睛，但说话说不清楚。路上有人跟他打招呼，"嗨，比利！"他就把头一低，继续傻傻地笑着。

安东尼想不起他头一次见到傻子比利是什么时候，他总是看到比利提着那个小粗麻布袋走到自己的家门口，袋子里装着准备送人的东西：有时是鲜嫩的水芹，有时是几束刚摘的金凤花，更多的时候是蘑菇。当别人都不知道到哪里去找蘑菇时，他却总能找得到。可爱的珍珠色的蘑菇，上面带着露珠，下面粉色的蘑菇把上还有一层软软的白膜。从来没有谁的蘑菇比得上比利摘的。芭芭和拉拉端着一盆这样的蘑菇进屋时，爸爸总是特别高兴。

"比利刚路过，先生，他把这些给您。"

"去追上他，把这个给他。"安东尼的爸爸说，他从烟草袋里取出一大撮烟草，用纸包起来。因为大家都知道比利是怎么回事——他经常走到一户人家门口，把小口袋里的花呀、坚果呀、水芹呀等东西倒出来，然后低着头转身离开。他好像并不指望拿到钱，即使有人拿钱给他，他也不知道怎么用。但不管什么礼物都能让他心花怒放，一撮烟草，一把旧刀，几颗糖果都行。有一次，安东尼还很小的时候，他跑出去，把自己的风筝给了比利，比利别提有多高兴了。那是一个彩色的风筝，一半蓝，一半绿，还有一条长长的尾巴。傻子比利拿着风筝折腾来折腾去，不知道

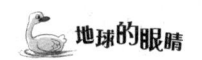

怎么把风筝放上天。安东尼也想教他怎么放风筝,可惜安东尼和比利都不行,风筝总是飞不起来。当他们把风筝扔到空中去的时候,那傻子就发出一声欢呼,仿佛在说:"上去了!"当风筝落下来时,他又露出不解的样子,然后放开嗓子大笑,仿佛在说:"瞧,它掉下来了!"安东尼也跟着笑。比利欢喜地拍着他的膝盖,因为他们两个人为了同一个原因而哈哈大笑。有人陪伴着一起欢笑,是多么美好的一件事啊。最后,比利奔跑着离开了,一边跑,一边把风筝高高举在他的前面,风筝那长长的尾巴飘在他的后面。

　　从那以后,每次看到安东尼,比利都会拍打着膝盖,放声大笑,安东尼也跟着笑。比利总是把最好的蘑菇送到安东尼家,然后在门口徘徊,希望能看到那个送风筝给他、陪他一起大笑的小男孩。

然而，他从哪里弄来的这些蘑菇一直是个谜。安东尼的妈妈说，他一定是在半夜里找到这些蘑菇的。

"你真的是半夜里找到蘑菇的吗，比利？"安东尼问。但是傻子比利只是发出吱吱的声音，低下头去。这时，安东尼就会拉住比利的手，恳求道："等到晚上你去采蘑菇的时候，带我一起去好吗？"比利水汪汪的蓝眼睛闪着喜悦，他含糊不清地说："蘑菇，蘑菇！"还说了一些别的话，安东尼听不明白，但知道那意思一定是同意了。安东尼非常肯定，比利会信守诺言的。

有一天，比利送来一大袋蘑菇，时间比平时更早，还没有一个人会想到这么早就去采蘑菇呢。安东尼听到父母在谈论这件事，爸爸说："是的，这恰好是一种天赋。上帝给有些人才华，给有些人力量，给有些人聪明或美丽，上帝一定是给了比利发现蘑菇的天赋，因为他别的什么都没有。"

"这是多么可爱的一种天赋啊！"安东尼想。什么时候都找得到蘑菇，而且在别人都找不到的地方找到它们，这种天赋要比智慧和聪明神奇得多。

于是安东尼独自出去找蘑菇了，他要看看自己有没有这种天赋。他找遍了花园、果园、牧场和他家附近的磨坊池塘下面的所有小峡谷，但是一个蘑菇都没找到。他又从门边的空心树洞里钻出去，找遍了小路边、篱笆里，还是看不到一个蘑菇。他觉得，恐怕他是没有这种天赋的。他坐了下来，看见山谷那边的山坡上，一个小小的身影在朝天上抛着什么。那是比利在放风筝，可是每次风筝都掉到了地上。

马车夫迪克经过那里，说："嗨，安东尼。"

"嗨，迪克。"

"你在看什么呢？那么出神？哦，原来是看比利放风筝啊。他从来就没有把风筝放上天过，可怜的家伙，他永远也放不上去，他根本没有那个天赋。驾！走啦！"马车顺着小路远去了。安东尼继续凝望着那个身影，他明白了，比利有找蘑菇的天赋，却没有放风筝的天赋。

一天晚上，山谷里起了大风，之后，比利就失踪了，再也没有人见过他。他的小棚子里没有留下他的任何痕迹，他的小口袋，他的风筝都没有了。

过了几天，安东尼躺在自己床上，听见芭芭和拉拉在谈论这件事。

"自从那个刮大风的夜晚之后，再也没有人看见过他。"芭芭说。

"一定是被风刮走了，我一点儿也不奇怪。"拉拉说。

"把谁刮走了？"安东尼坐起来问。

"傻子比利呗。"拉拉回答。芭芭赶紧说："你快点躺下睡觉吧，我的小羊羔。"

"可是，芭芭，"安东尼躺下后接着问，"大风把比利刮到哪里去了呢？"

"找蘑菇去了。行啦，不要再想他了。"芭芭边说边帮他盖被子。

那天晚上，风又刮起来了。安东尼的窗户被刮得哗哗直响，让他一直睡不着。他有一种奇怪的感觉，似乎这不是今天的晚上，而是一个星期前，比利被风刮走的那个晚上。

是的，的的确确是那个晚上，因为安东尼穿过山谷到达那个小棚子的时候，比利正坐在门口，仰望着天空。那是一个漆黑的夜晚，乌云密布。

风从山那边刮过来，停在小棚子旁边，呜呜地吼着发出宣告。

"傻子比利，你的时间到了！"

比利只能发出吱吱的声音，所以安东尼帮他问："什么时间到了？"

"比利放风筝的时间到了，"风回答，"上天要他上去。"

"你听见了吗,比利?快去拿风筝。"安东尼说。

那个傻子咯咯地笑了,站起来到小棚子里,拿来了蓝绿相间的风筝。

"把风筝抛起来!"风叫道,"抛高点!"比利把风筝往空中一抛,风筝就飞起来了,它飞啊,飞啊,飞到了风的上面。比利开心地放声大笑,他手里拽着风筝线,也跟着升了上去。当他的脚离开地面的时候,他的一只手抓住了安东尼哑衣的领子。

"噢,比利,"安东尼气都喘不过来,"我们这是到哪里去啊?"

比利模糊不清地嘟囔了一句,好像说的是"蘑菇!"他把手上的小口袋塞给了安东尼,就是他装宝贝的那个小口袋。

升啊升啊,他们越升越高,到了很高的天空,那里四周空旷,一片漆黑。突然,比利发出他那种吱吱的叫声,他好像在黑暗里用手指给黑夜挠痒痒,而安东尼却什么也看不见。接着就看见比利手掌里有了一个闪闪发亮的白蘑菇,安东尼把小口袋打开,比利就把他的宝贝放了进去。不一会儿,他又发出吱吱的叫声,又从黑暗里变出一个发亮的蘑菇,比刚才那个还要大。在他们急速的行进中,比利细长的手指一直忙碌着,蘑菇像变戏法一样,在他的手下呼呼地冒了出来。小口袋越来越重,最后安东尼说:"口袋装不下了。"当他正说着,风大声呼喊着:"我们到了。"

他们站在了一道壮观、华丽的门前。门里面站着包括最高级别的六翼天使在内的众多的天使。一个高个子天使,手里拿着一本书,站在门外。他旁边站着一个穿白袍的圣人。安东尼知道,那个圣人一定是圣彼得,因为他手里拿着钥匙。门口,比利和安东尼前面还有几个人,每个人走来,圣彼得都要问:"你从人间带来了什么,作为进入天堂的通行证?"

一个人说:"我带来了出生时上天赐给我的五个智慧。"

圣彼得转身问他旁边拿书的天使:"他用他的天赋做了什么?"

天使在书上查了一下,回答:"他用天赋来积聚财富。"

"钱都在这里。"那个人说着,举起几袋金子。

可是圣彼得摇摇头,"那不能让你进去,天堂里没有金钱。"他说。于是那个人只好转身离开了天堂的大门。

接下来是一个女人,圣彼得对她提了同样的问题:"你从人间带来了什么,作为进入天堂的通行证?"

"我的美貌。"那女人说,"我降生时上天赐给我的。"

"她用她的天赋做了什么?"圣彼得问。

"她用它伤了六个人的心。"拿书的天使回答。

"在这儿呢。"女人说着呈上六颗破碎的心。

和刚才一样,圣彼得摇摇头,"你不能把你造成的悲伤带进这里。"那女人也只得转身走了。

每个人都走上去试试他们的运气。有一个人的天赋是力量,他用这种天赋伤害了他的同伴;另一个人的天赋是聪明,他用他的天赋争取到了权利和别人对他的羡慕;对这些人圣彼得都没有给他们开门。他们一个接一个地带着自己使用不当的天赋离开了。最后轮到了比利。

"你从人间带来了什么,作为进入天堂的通行证?"

比利低下头,把他的小口袋递了上去。

"这是什么?"圣彼得问。

"蘑菇。"比利含糊不清地说。安东尼担心他朋友神奇的天赋没有被注意到,就轻声说:"他能找到蘑菇,别人都找不到时,他能找得到。"

"哦,我想起来了。"圣彼得说,转身问拿书的天使,"他用他的天赋做了什么?"

天使在书上查了查说:"他给了别人……"

圣彼得把手伸进那个小口袋,掏出一把蘑菇——

"啊，比利，你瞧！"安东尼叫了起来。"它们不是蘑菇，是星星！"

比利盯着那些闪闪发光的宝贝，那是他在漆黑的天空中发现的，除了他，没有人看得见。比利拍打着自己的膝盖，放声大笑起来，他笑得那么开心，使得安东尼、圣彼得以及那个天使都跟着他哈哈大笑起来。圣彼得把门打开，门里面也传来了众多天使的欢笑声。比利把头一低走进了大门。他简直有无尽的喜悦，因为，无论在人间还是天堂，为了同一个理由跟同伴一起放声大笑，这是他知道的最美好的事。

"好了，安东尼，我不是跟你说过了吗，让你躺下睡觉？"芭芭责备地说，"结果你却坐在这儿，盯着天空发呆。风早就停了，不信，你自己看。"芭芭说着拉开了窗帘。"天上没有云了，满天都是星星。"

"不，芭芭，那些不是星星，是蘑菇。"安东尼说着躺了下来。

"随便你怎么说，我的小羊羔，只要你乖乖睡觉就行了。"芭芭给他盖上被子，拉上窗帘，亲了他一下，离开了房间。

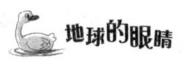

神奇的钟

有一天,安东尼被送去汉娜姨妈家住几天,姨妈家在威尔斯城。

"这里不太像城市。"安东尼一到那里就说。威尔斯更像是一个美丽的大村庄,尽管它有一个漂亮的大教堂,还有一栋主教住的楼。主教楼周围是一圈护城河,河里有游来游去的天鹅。但是这里的道路和村子里的道路没什么两样,大教堂的草地和村里的草地也一样。区别可能仅仅是这里的每样东西都比村子里的要大一点儿、漂亮一点儿而已。大教堂把一种平和宁静的气氛洒在它的草地上,也洒在周围房子的屋顶上。教堂的两座塔楼就像两架管风琴,当安东尼看到它们的时候,就像听到了它们在演奏一样。除此之外,大教堂还有一座非常神奇的钟,安东尼在其他地方从来没有看见过。

这个钟有两个面,一面在教堂里边,一面在外边。教堂外的一面很平常,不过钟的顶上造了两个穿盔甲的骑士,骑士中间挂着两个铃铛。每过一刻钟,他们就举起手中的战斧,敲打铃铛。一个小时敲四次。安东尼痴痴地盯着看。

"这两个骑士总是这样做吗,汉娜姨妈?"他问。

"总是这样。你可不要叫他们骑士,他们是刻钟报时器。"

"刻钟报时器从来不睡觉吗?"

"当然不睡。他们要醒着尽自己的责任。我希望你也能尽你的责任,安东尼。"

"你和汉娜姨妈在一起,会做一个乖孩子,对吗,安东尼?"妈妈温柔地说。她很快就要开车离开了,把小小的他留下

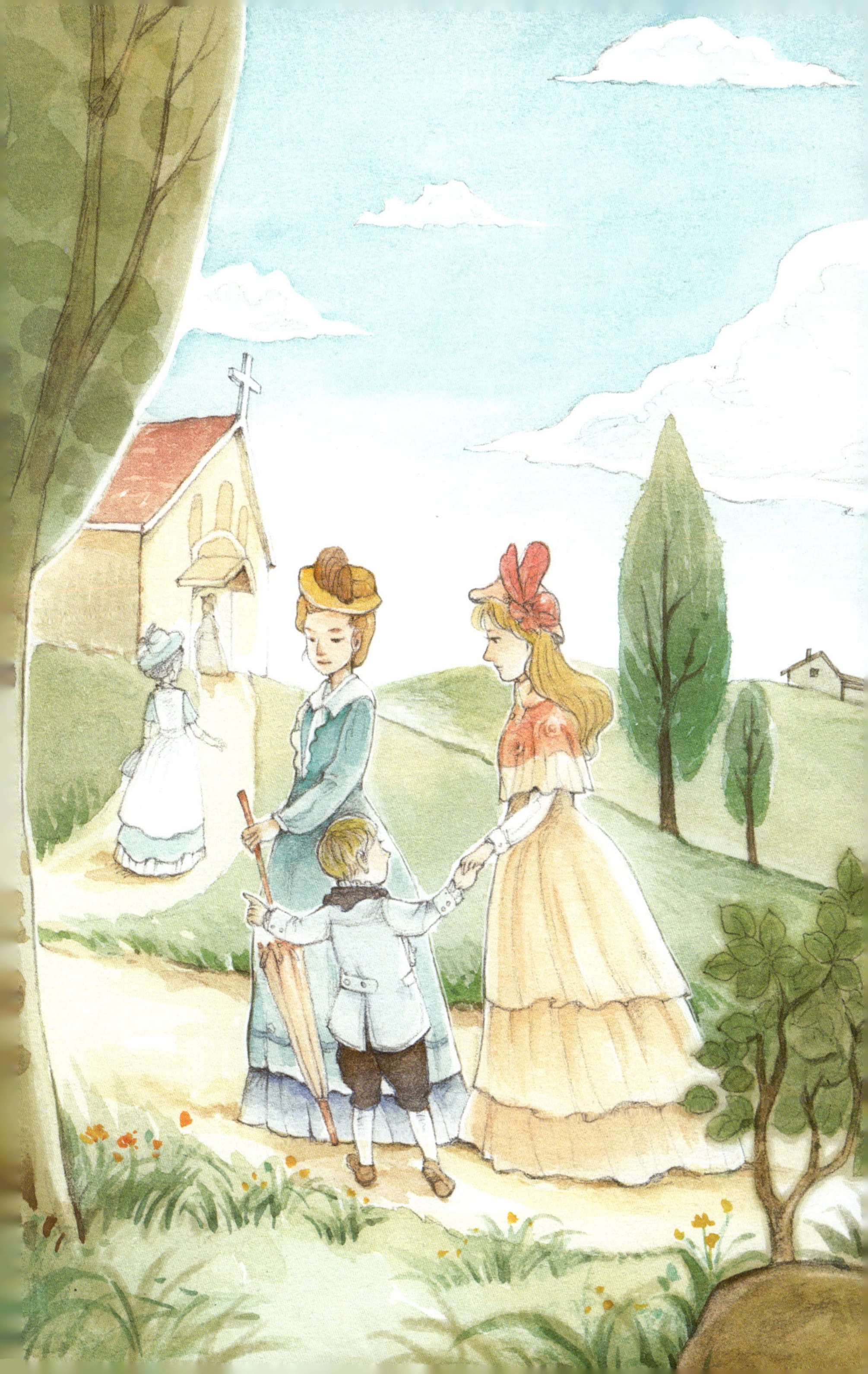

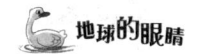

来和姨妈住在一起。

安东尼点点头，表示他会做一个乖孩子。跟往常一样，妈妈懂他的意思。但是汉娜姨妈却说："光是点头不礼貌，亲爱的，好好回答你妈妈的问题。"于是安东尼说："好的，妈妈。"妈妈捏了捏他的手。汉娜姨妈说："这就对了。"似乎对安东尼和

自己都满意了。但是安东尼忍不住想，他和汉娜姨妈在一起，他的责任是什么呢？他真的不清楚什么是责任，但是他希望不要像刻钟报时器那样，不能睡觉。

后来，姨妈带他进了大教堂，他看到了钟在教堂内的那一面，那真是比外边的一面神奇千倍万倍啊。里面的钟面由星星、太阳、月亮和二十四个数字组成。钟的四个角是四个带翅天使，

代表天空的四个方位。钟的圆形表面代表地球。它的中心，固定在一朵玫瑰花上。太阳环绕钟面移动，来显示小时；星星环绕钟面移动，来显示分钟；弧形的月亮显示日期。钟的上面有一座小塔，当时钟敲响时，就会出现四个骑士绕着塔跑，两个顺时针跑，两个逆时针跑。一边跑一边互相拼杀，有一个被撞倒了，又站起来，又被撞倒，又站起来，又被撞倒！噢，天啦！

"第四个骑士总是被撞倒吗，汉娜姨妈？"安东尼问。

"是的，亲爱的。"

"为什么呢？"

"我猜想他该被撞倒吧。"

"为什么他该呢？"

"不关你事。"汉娜姨妈说着，撅起了嘴。

安东尼忍不住想，那个骑士一定是做了什么特别坏的事，而汉娜姨妈不愿意告诉他。

神奇之处还没有说完呢。钟里有一个壁龛，里面坐着纯木制作的杰克·布兰迪大师。他两条彩色的腿悬在那里，手里拿着两把锤子，面前挂着一个铃铛。每过一刻钟，他的脚后跟就会弹起来，对着铃铛踢两下。两刻钟踢四下，三刻钟踢六下。时钟到了整点的时候，他就用他的锤子敲铃铛，几点钟敲几下，九点钟敲九下，十点钟敲十下，如此等等。那天安东尼没有看到这所有的情景，不过在姨妈家的日子里，他经常偷偷地溜去大教堂，看杰克·布兰迪踢铃铛、敲钟点；看那些骑士打架；看外面的刻钟报时器敲铃铛；看钟里的太阳、星星和月亮都按自己的速度移动；看中心的那朵玫瑰花怎么把天和地固定在一起。

"是上帝造的钟吗？"安东尼问。

"我的天，不是，孩子！"汉娜姨妈说，"亏你想得出来！那个钟只有五百年的历史，那是一个修道士造的。"

"那个修道士叫什么名字？"

"彼得·亮脚。"

安东尼盯着钟上移动的星星，问："他是用脚造的钟吗？"

"小孩子家千万不要问这样愚蠢的问题。"汉娜姨妈说。

安东尼带着询问的目光看了看妈妈，妈妈轻轻摇了摇头。安东尼的目光意思是："这是个愚蠢的问题吗？"妈妈摇头的意思是："不，亲爱的，不是。"他们谁也没有把话说出来。而安东尼本以为汉娜姨妈会说妈妈"摇头不礼貌"，但是她什么也没说。毫无疑问，如果她看到妈妈摇头，肯定以为是冲安东尼摇头，因为他表现得像个傻瓜。

在安东尼的妈妈开车回家之前，她和安东尼一起散步，走过主教楼的花园，绕着护城河走。河里有许多白天鹅，带着它们的小天鹅。这里也有神奇的地方呢。安东尼看见一只白天鹅游到一条从岸边垂下来的绳子旁，用嘴拉了拉绳子。那根绳子扯响了铃铛，还拉翻了一篮子食物。听到铃铛响，小天鹅们都兴冲冲地游过来吃食物了。

"噢，妈妈！"安东尼大声地说，"那只白天鹅就跟你一样，吃饭就要拉铃！"

"是的，"妈妈哈哈大笑，"小天鹅跑过来的样子，就跟你一样！"

妈妈走之前，搂着安东尼说："做一个快乐的孩子吧，亲爱的，爸爸身体一旦好一些，我就接你回去。"

"好的。"安东尼说，他相信在这个童话般的地方，他不可能不快乐。因此，妈妈开车离开的时候，他没有感到怎么难过。

到了夜里，安东尼躺在床上，才觉得自己并不是个非常快乐的孩子。因为躺在黑暗的床上，他跟外面神奇的钟和拉铃的天鹅一点儿关系都没有，真正有关系的：谁在隔壁、在楼上和楼下。隔壁不是妈妈，也不是芭芭，而是他根本不熟悉的汉娜姨妈。

因此安东尼无法入睡，怎么努力都不行。忍了又忍，还是止不住，三滴眼泪从脸颊上滚落下来。当第四滴眼泪冒出来的时候，他听到有人在对他说：

"安东尼，快来尽你的责任。"

安东尼抬头一看，只见一个高高瘦瘦的修道士站在他床边。修道士身穿褐色的长袍，腰间系着绳子，斗篷帽里露着一双和善的眼睛。

"我的责任是什么？"安东尼问。

"我的钟坏了，你能帮我修好吗？"

"我能先检查一下吗？"安东尼问。

"可以。"修道士说。

安东尼立即从床上起来，跟着修道士走出房门，走下楼梯，走到大教堂的草地上。没有人看见他们或来阻拦他们。安东尼注意到他的同伴走路没有声音，修道士的袍子很长，安东尼看不到他的脚，但是有一些金色的闪光从袍子的底下透了出来。

他一定有一双金脚，安东尼想。于是他大声说："你是不是叫彼得·亮脚？"

"我是叫这个名字。"修道士说。

"是你造的那个神奇的钟吧。"安东尼说。

"是的，现在我必须把它重新修好，因为它坏了。"

"谁把它弄坏的？"

"是骑士们作战弄坏的。他们中有一个总是想把钟弄坏，其他人就阻止他。但是他们打得太厉害了，把钟面的地球都打裂了，太阳和星星都不见了。你看下面。"

安东尼低头看去，钟的一个钟面躺在地上，看上去比挂在教堂上大一千倍。

"你再往上看。"彼得说。安东尼抬头看见钟的另一面在天空中，那么大，那么圆，把星星都遮住了。天上和地下的钟的表盘都是黑的，安东尼看见的仅有的光亮来自修道士脚上，以及地面钟心的那朵玫瑰花。

"太阳在哪里？"安东尼问。

"它跑掉了。"

"星星呢？"

"它们被毁掉了。"

"月亮呢？"

"它碎了。"

"可是玫瑰花还在那里。"安东尼说。

"是的，"彼得说，"玫瑰花一直在那里。"

安东尼又问道："那些骑士、刻钟报时器和杰克·布兰迪在哪里呢？他们也被毁掉了吗？"

"没有。他们都在自己的位置上，等着钟修好，时间继续，他们才能动。"

"可是到那时，骑士又会打斗，又会把钟弄坏。"

"是的，会坏很多次。"彼得·亮脚说。

"那你是不是要修很多次？"

"是的，很多次。"彼得说。

"现在就修吧，"安东尼急切地说，"让我看看它的零部件！"

"这就是零部件。"彼得说着伸出一只手，取走了安东尼面颊上的三滴泪珠。他把第一滴放在钟面上原来月亮的位置，把第二滴放在原来太阳的位置，把第三滴放在原来星星的位置。然后，他踏上钟面，一圈一圈地走，从边缘到中心，凡是他走过的地方都散发出金色的光芒。当他走到正中央，停住了，在安东尼眼前越变越高，越变越高，最后高得头都触到了天。他把另一个钟面取下来，两半钟面飞起来，合二为一。这时，安东尼听见大教堂的两个塔传出管风琴的音乐，看见自己的三滴泪珠分别变成了太阳、月亮和星星，同时以各自的速度绕着中心的玫瑰花移动。

"钟修好了,"彼得·亮脚说,"我要把它放回大教堂。回床上睡觉吧,安东尼,你尽了自己的责任。"

第二天早晨,吃早餐的时候,汉娜姨妈说:"你睡得好吗,安东尼?"

"不,姨妈,我眼睛都没闭一下。"安东尼快乐地说。

"小孩子不要说谎话。"汉娜姨妈说。

"我真的没睡。"安东尼说。

"你可真够淘气的。一晚上没睡你在干什么?"

"我一直醒着尽我的责任,"安东尼说,"就像神奇的钟里的刻钟报时器。"

汉娜姨妈认真地看了他一眼,看他是不是在跟她闹着玩。但是安东尼看起来那么高兴,所以她也就没再说什么。

修道院院长的厨房

安东尼在威尔斯的汉娜姨妈家住了一段时间,在他回家之前,姨妈带他到格拉斯通伯瑞去看那座老修道院的遗址。对于一个小男孩来说,没有比在这里游逛更可爱的地方了——围墙、拱门、雕着各种复杂图案的石柱,有的完整,有的残碎,很多上面都长出了绿草。小小的台阶上上下下,把人引向一个个小房间、小密室,谁知道这些是干什么用的?还有一些小洞小孔,引人满怀希望地朝里张望,看那些谁也不知道是什么的地方。所有这一切都是在一大片厚厚的、平坦的、绿茵茵的草地上,让人不禁想在上面撒欢儿奔跑。但是安东尼没法奔跑,汉娜姨妈一手拉着他,一手拿着一本小书,书里写的都是安东尼不想知道的东西。可是汉娜姨妈不管这些,她让安东尼规规矩矩地走在她身边,给他讲书里的东西:他们现在是在圣约瑟夫教堂;现在到了埃德加小教堂；这里一定是1825年发现的圣井……安东尼却一直想四处奔跑，特别想顺着那些最破烂的楼梯，朝最黑暗的地方去。可是汉娜姨妈紧紧地拉着他，还说："不要下去，安东尼。别使劲拉我呀，亲爱的。等参观完了，我带你去看修道院院长的厨房，然后你就可以喝茶了。"

"我们是和修道院院长一起喝茶吗？"安东尼问。

"不，当然不是。那里没有院长，已经好几百年没有人在那里做饭了。"

安东尼尽量安慰自己不要失望，可还是忍不住地想，没有人在里面做饭的厨房有什么用呢？他们走出修道院遗址，顺着一条路就到了修道院院长的厨房所在地。这真是个非常奇怪的厨房，安东尼想，它像一个大大的蜂窝，墙上有尖尖的窗户，屋顶像个圆锥体，顶上有一个小小的钟楼。厨房的门关得严严的，他们无法进去。不过门上贴着一个通知，告诉人们厨房钥匙在某条街的某座房子里。

"天哪，天哪，这样真烦人，"汉娜姨妈说，"我们没有时间这样做了，我给你读读书上是怎么写的吧，然后我们就到镇上去喝茶。"

安东尼不得不忍住更多的失望，听汉娜姨妈念书：谁也说不清楚这个修道院是谁建造的，可能是怀庭院长，或者是布雷通院长，或者是钦诺克院长；厨房有四个炉子，每个都大得能烤一头牛；钟楼里有一座钟，钟一响，穷人们就会聚集过来接受救济。

"接受什么？"

"我想是让他们吃一顿饱饭吧。"汉娜姨妈说，"好了，我们都看完了，该去喝茶了。"

汉娜姨妈转身走了，安东尼很不情愿地跟在她后面，不住地回头看那个厨房。这时他的腿开始疲倦了，他的腿一直不太强壮有劲。有医生对他说："瞧你的小细腿多瘦啊！安东尼，你必须多吃点布丁，让你的腿长壮一点儿。"自那以后，每次妈妈要他再吃一份他不怎么喜欢的布丁时，安东尼总是问："是壮腿布丁吗，妈妈？"如果妈妈回答："是的，是壮腿布丁！"这时，爸爸会向他眨眨眼，安东尼就马上把盘子递过去，再要一份。因为他确实想有一双贝尔迪那样的壮腿。可是现在，他跟在汉娜姨妈后面，感觉两条腿软得像是很久没有吃布丁了一样。

不一会儿，他们经过了一条街，从街名看，正是厨房钥匙所在的那条街，可是汉娜姨妈根本没有注意到，她继续朝前走，安东尼在后面越落越远。他们又朝前走了一段路，来到一个卖奶油和蜂蜜的小店，汉娜姨妈说："亲爱的，我想买一个蜂窝回去。"说着就走了进去，也没有回头看看。她刚进小店，安东尼转身就跑，跑到了有厨房钥匙的那条街。

　　从一幢房子里走出一群人，领头的是一个穿黑衣服的小个子男人，他手里拿着一把大钥匙。安东尼等他们走到面前时，就跟着他们一起走。没有人特别注意到他，他们也都互相不认识，他们刚才聚集在钥匙保管员家里，等待着去参观厨房。他们没有互相交谈，也没有互相打量，即使有某个女人碰巧看了一眼安东尼，也以为他是另一个女人的孩子，所以并没有过问。就这样，安东尼一路顺利地回到了修道院院长的厨房。小个子男人用大钥匙打开了门，他们一起走了进去。安东尼从来没有看到过这么奇怪的厨房，一间空荡荡、光线很暗的八角形房子，一个拱形屋顶，屋顶上面还有一个小小的橡子形顶，那些窄窄的尖窗户太高了，没法看到窗子外面的景色。厨房里有四个炉门敞开的大炉子，炉子上面都有烟罩，每一个都像一间小屋子。厨房里没有烧饭用的锅和罐，没有坐下来吃饭的桌子和椅子，没有可以用来吃饭的盘子和勺子——更没有可以吃的食物。

　　那些可怜的修道院院长拿什么做晚餐呢？安东尼想。一定还有更多的东西！他爬进了一个大炉子，抬头看了看烟囱，他听见很多叽叽喳喳的鸟叫声，但是却看不见鸟。他睁大眼睛看啊看，想看清楚一些东西，谁知都是白费力气。当他从黑漆漆的炉子里出来的时候，厨房里只剩下他一个人了，那扇门又关严了。

最初安东尼无法相信。他用各种办法想把门打开，却都无济于事。他跑向窗户，可是那些窗户比他的头还高出许多许多，而且也不是那种能爬出去的窗户。于是，他开始喊了起来，细细小小的声音就像他那细腿一样抖得厉害。

"汉娜姨妈！汉娜姨妈！"安东尼喊着。然而汉娜姨妈根本听不见。很快安东尼又开始喊"妈妈！妈妈！"。"唧唧！唧唧！唧唧！"烟囱里传来鸟的叫声，这是安东尼得到的唯一回答。他开始感到害怕了，那个光线不怎么好的老房子现在差不多全黑了。于是他又走进刚才那个炉子里，蜷缩在那里找光源，听鸟叫。

过了不知多久，他听到一个声音，像是有人在厨房里走动。他探头一看，看到一个瘦骨伶仃、穿灰色长袍的人，从右边那个炉子里走了出来，手里抓着一个巨大的平底锅。安东尼还没来得及把这个人看清楚，左边那个炉子里又走出一个穿棕色长袍的高大身影，手里拿着一个巨大的烤肉叉。

"哟，钦诺克院长，"穿棕色长袍的那个人对穿灰色长袍的人说，"今晚你比我来得早啊。"

"是啊，布雷通院长，"穿灰色长袍的人说，"我一向如此，你瞧我用我自己的双手建造了这个厨房，谁也不能比我早到这里。"

"这你就错了，钦诺克院长，"棕袍人坚定地说，"不管有人这样说、那样说，但是，是我当年建造了这个厨房，比你当修道院院长足足早三十年。"

"别人爱怎么说就怎么说吧，布雷通院长，"灰袍人尖锐地反驳道，"但事实就是事实，就像石头就是石头一样。当你在石头下躺了整整四十年后，我才为这个厨房砌下第一块石头。这一点，凭我的平底锅发誓，我是要坚持的！"

"我凭我的烤肉叉起誓，你在说谎！"强壮的棕袍人叫道，一边把烤肉叉高高举起，用以威胁瘦骨伶仃的灰袍人，而钦诺克院长也举起平底锅向对方示威。

"院长们，院长们！"第三个声音响起了，"真丢脸啊！我的院长们！如果你们都不能保持安静和谐，谁还可以呢？"从安东尼对面那个炉子里，走出一个不胖不瘦的穿白色长袍的人。他的右手拿着一个巨大的铁罐，左手拿着一把很大的木勺。

"欢迎你，怀庭院长！"棕袍人说，"你言之有理，这是我的厨房，我要保持这里的安静和谐。"

"说得没错,"怀庭院长说,"这既是你的厨房,也是他的厨房,我的厨房。不管是谁建造了这个厨房,是后来所有人的辛勤劳动,才保持住了这里的温暖,让它能够长期使用。所以,我们现在开始干活吧,不然那些饥饿的人就没有饭吃了。"

怀庭院长边说着,边卷起他的白袖子,布雷通院长卷起他的棕袖子,钦诺克院长卷起他的灰袖子,每个人都在自己的炉子里生起了火。生火的大木头都是他们从黑暗中滚出来的。炉火燃起后,钦诺克院长开始在火上晃动他的平底锅。安东尼看到锅里堆满了平平的面饼,钦诺克不停地翻烤着它们。一批面饼烤熟了,他就把它们放在炉边的石头上保温,然后又烤另一批。

布雷通院长把巨大的烤肉叉固定在他的炉子前,上面出现了一头牛,院长把一头牛整个地烤着。他用他强壮的手臂,不断地翻转着烤肉叉,一点儿不知疲倦似的,还不时朝牛身上涂一层油,使得牛的每一面都焦黄油亮,像刚从壳里蹦出来的栗子一样。

接着安东尼的注意力又转移到怀庭院长那里。他把那个大铁罐直接挂在炉火上,站在炉边,用那把木勺在铁罐里不停地搅拌。安东尼看不到铁罐里是什么,但那一定是非常美味可口的东西,他从来没有闻过这么香的味道。

这顿美味的晚餐是给谁做的呢？安东尼觉得他的肚子里空空的，他简直无法忍受烤面饼、烤牛肉和铁罐里散发出的香味了。但是他不敢出来，因为他知道他是闯进这里的外人。

最后，布雷通院长用袖子擦了擦脸上的汗，说："我的牛烤好了。"

"我的饼也烤好了。"钦诺克院长说。

怀庭院长说："我的汤也煮好了。我们把桌子摆好，打铃招呼吃饭吧。"

接着安东尼看见一张橡木大圆桌摆放到了屋子中央，在它上面，有一根很长的绳子从天花板上垂下来。三个院长在桌上放满了盘子，摆好后，怀庭院长拉动了绳子，高高的屋顶上马上响起了铃声。

"那是在召唤穷人来吃饭，"安东尼心里这么想，"不知道穷人会从哪里来？"

安东尼正在纳闷呢，突然一阵翅膀向他扑来，弄得他几乎窒息。从他头顶的烟囱里黑压压飞来一大群鸟，那些柔软的羽毛：棕色的、白色的、灰色的，就像烟灰被风吹起来一样朝他扑来。各种各样的鸟都有：燕子、椋鸟、麻雀和猫头鹰等。安东尼尽量把自己的身体缩小成一团，一动不动地坐在那里，一直等到最后一只鸟飞到桌子上的一个盘子旁边停下来。现在只有四个空盘子了，它们分别对着四个炉子。

钦诺克院长拿来一大堆面饼，分装在鸟儿们的盘子里，但是鸟儿们都没有开始吃。

然后布雷通院长割下一块块肉，放进钦诺克、怀庭院长以及自己的盘子里，他们也都没有吃。

这时怀庭院长搅了搅他的美味铁罐，看着安东尼炉子前的盘子，像在等着什么。安东尼很想知道那是谁的盘子。等了一会，怀庭院长就从罐里舀了几勺食物放在那个盘子里，安东尼不得不拼命捏住他的鼻子，挡住那股香味，不然他真会跑出去大吃特吃了，不管它是谁的。他不明白那个幸运的人怎么还不来。怀庭院长看到没有人来，就把盘子里的食物倒回了罐中，然后用慈祥的声音说："谁要再来一份布丁？"

"是壮腿布丁吗？"钦诺克院长像一个小孩一样问。

"是的，是壮腿布丁！"布雷通院长说着，眨了眨眼，他是朝安东尼那个炉子眨的眼。

现在安东尼终于知道了那个盘子是谁的了。他从炉子里出来，怀庭院长给他又盛满了壮腿布丁。然后他们都站在自己的位置上，小鸟唱了一首谢餐赞歌，他们才开始坐下来吃晚餐。安东尼从来没有吃过这么美味的布丁，他吃了一盘又一盘，觉得腿越来越有劲，眼皮却越来越沉重。

"他在这儿！"有一个声音说。

那是那个拿钥匙的小个子男人的声音，他站在炉子旁，汉娜姨妈就在他旁边，后面的阴影里还有一些安东尼不认识的人。那些院长们呢？

"安东尼，你这个淘气鬼！"汉娜姨妈说道。她的声音本来透露出严厉，却不知怎么变成了小鸟叽叽喳喳的声音了，就像唱赞歌时的声音一样。安东尼伸出手臂，让汉娜姨妈把他拉起来，然后带着他走出暮色中的修道院院长厨房。他敢肯定，那是汉娜姨妈想保持那里的安静和谐。

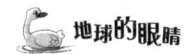

上学路上的风景

转眼到了安东尼该去巴斯城上学的时间了。他一般是早晨步行去学校,中午在那里吃午饭,下午妈妈驾双轮马车去接他放学。要是天变冷的话,会给他带一件大衣。冬天天气非常冷的时候,安东尼早晨穿着大衣上学,放学时妈妈又给他带一件大衣,那样,安东尼就要穿两件大衣了。后来他渐渐长大了,妈妈就不再每天都接他放学了。

走路进城要花很长时间,可是农村孩子对走远路早就习惯了。安东尼很少觉得走路单调乏味。路是熟悉的,但是路上总有一些新东西:树篱里总有可看的新鲜事物,鸟巢、黑莓或者一种他喜欢收集的特殊蜗牛。走完树篱后,还总有些房子、商店和小屋对他具有特殊意义。有一座房子,不像他们家的那么旧,带有一个装饰得很漂亮的走廊,前面整洁的花园里还有一棵外国树,有一段时间安东尼觉得这是世界上最好的住所了。院子里有草坪，假山周围有池塘，上面有一座小桥。装饰复杂、美丽的阳台肯定意味着住在屋里的人是浪漫和快乐的。那棵树和安东尼熟悉的英国树不同，外形有点古怪，不知来自何方：有可能来自印度的某个丛林，来自亚马孙河上的某个森林，或者来自太平洋里的某一个岛屿吧。有没有狮子在下面吼叫过？有没有羽毛鲜艳的鸟儿在它上面栖息过？每当安东尼走过这座房子的时候，他都仿佛能看见一只斑斓的老虎拖着白肚皮在那里徘徊，一条宝石蛇盘绕在树干上，树梢上还停留着一些蜂鸟和火烈鸟。

一座小木屋，有着一个低矮的单坡棚，棚顶下面有两个小洞眼，就像是鸽子窝一样。他从来没有看见过鸽子飞进飞出，但是每次经过，他都忍不住向那里张望。

还有一家商店，橱窗里摆满了各式各样的旧货。其中有一盏牛眼灯，一盏真正的牛眼灯，大得足以让警察抓盗贼时使用。安东尼是多么想要那盏灯啊！有了它，还有什么办不到的事呢？还有什么人他不能保护呢？他经常在妈妈的耳边念叨这盏灯。

接下来还有那个面包店，他可以每天进去一次要一个面包，不用付钱。那是他刚开始独自上学的时候，妈妈跟面包店老板娘做出的这个了不起的安排。什么时候安东尼回家路上晚了或者饿了，就可以对老板娘说："请给我一个小圆面包，博通夫人。"面包店里的东西任他挑选，那真是一种荣耀的感觉，全身心都充满着骄傲和自豪。总有一天，我会选择那个漂亮的三层结婚蛋糕的，他想。

接着，还有那个带椭圆形窗户的房子。

那个带椭圆形窗户的房子不在巴斯城，也不在安东尼的村子里，而在它们之间的道路旁边。它孤零零地坐落在那里，有一道围栏把它和路分开。那是一座方形房子，像一个盒子，上面长满了厚厚的藤蔓。就在屋顶下的正中，有一个椭圆的窗子，就像妈妈相册里大大的一页。对于安东尼来说，相册是他的一个快乐源泉。他喜欢一页一页地翻看那些厚厚的贴满照片的册页。有的页面有四个方方的开口，可以放一些小照片，有的页面只有一个椭圆形开口，只放一张大照片。重要的照片还做了装饰，在椭圆的周围有花形图案。它们是相册里的豪华页面。安东尼很小的时候，妈妈抱着他看相册，告诉他照片上的那些人的名字，爷爷奶奶、叔叔婶婶、表兄妹和老朋友。不时会有照片上的人来拜访他们。从此这些人和照片上就会略显不同了。这张照片是妈妈小时候的；这张是爸爸上学时的照片；这张是年轻时披着披肩的汉娜姨妈；这张是坎泰尔先生，留着络腮胡子，衣冠楚楚的，像个花花公子。安东尼想,如果照片再往下拍,肯定会拍到坎泰尔先生穿的丝袜。坎泰尔有时住在安东尼家,他的袜子总是纯丝的,炫耀着他那如女性般光洁的脚踝。你不可能不注意他的袜子,因为他总是喜欢提起他的裤管,让袜子露出来。安东尼非常喜欢他的袜子。一天,他听到爸爸妈妈在谈论坎泰尔先生和他的袜子,妈妈说她从来没有看到过这种袜子,"我想不出他是从哪里买的。"她最后说道。

"坎泰尔先生的袜子到底是在哪里买的呢,爸爸?"安东尼问。爸爸扯扯他的耳朵回答:"他在法国南方专门养了一个蚕宝宝为他织袜子。"

每当安东尼翻看相册,看到坎泰尔先生时,就会有一种奇妙的感觉。

接下来是老德莱斯戴尔先生的照片,他是牛津大学的一名大学者,他能把但丁的作品背下来。他还到过印度。他不管到哪里去吃饭,都要穿上礼服,即使是到安东尼家来吃一顿晚饭也不例外,其实安东尼家的人很少吃饭时穿正装。安东尼的爸爸说,这是一种一生养成的习惯,不管遇到什么情况都不会改变。

"他一辈子都这样做吗,爸爸?"

从一岁起就是这样,安东尼的爸爸说,他在睡觉前喝完最后一瓶奶时,还在穿着小小的礼服呢。

"如果他忘了会怎样呢,爸爸?"

安东尼爸爸认为,如果真有那么一天,准是天塌下来了。爸爸还补充说,即使天塌下来,德莱斯戴尔先生肯定也会监督别人马上复原。这位老先生学问渊博,而又刻板认真,追求完美,不能容忍任何细节的瑕疵存在。要是他偶尔注意到某个旅馆经理在服务上有懈怠,那可以十分肯定,在德莱斯戴尔先生离开之后,那家旅馆在那方面就会变得无可挑剔了。在他提出改进意见之后,"你瞧,我亲爱的孩子,"他总是和对方说,"这样就会让世界变得比你原先看到的,更好一些。"

安东尼对这位学者充满无限敬畏,他总是安安静静地坐在小凳子上,听爸爸和德莱斯戴尔先生交谈,暗自希望他们不要再谈但丁,而是聊聊印度。因为德莱斯戴尔先生曾经和一个苦力一起,上过珠穆朗玛峰。安东尼起初以为苦力是一条狗,后来才知道是怎么回事。德莱斯戴尔先生来过家里以后,每次安东尼在相册里看到他的照片,就忍不住想到他站在珠穆朗玛峰顶上,身后跟着一个黑黑的男孩,提着一个装西服的篮子。吃饭时间一到,德莱斯戴尔先生肯定会走到一块石头后面去换衣服,以免天塌下来。安东尼有一次把这个想法告诉爸爸,爸爸立即表示赞同。

"如果德莱斯戴尔先生到我们家吃饭，都要西装革履的话，"爸爸说，"那他为了湿婆神更要正装了。"

"湿婆神吃饭也穿正装吗，爸爸？"

"要是他不穿的话，"安东尼的爸爸说，"你可以肯定德莱斯戴尔先生是不会放过他的。当他换好白衬衣和绒面正装回来，德莱斯戴尔先生还会拍拍他的肩，说：'你瞧，我亲爱的孩子，这样就会让世界变得比你原先看到时，更好一些。'"

但是，照片上大多数的人安东尼从来没有见过。相册就是那些人的房子，他们都有各自的房间和窗户——带四方形窗户的小房间，和带椭圆形窗户的大房间。

因此，安东尼放学路过那座有椭圆形窗户的房子时，他总是盯着窗户看，看有没有一张脸——他不知道那会是一张什么脸——也许是某个老亲戚、老朋友，或者某个新朋友的脸，从满是藤蔓和野花镶嵌的椭圆形窗户里往外张望。

可是窗户里总是空无一人。

妈妈的两件大衣

那年冬天的一天,天气特别冷,当安东尼穿好大衣准备去上学的时候,天还黑乎乎的,好像夜晚还没有真正过去。而当他站在学校门口,看妈妈是不是驾着马车来接他的时候,白天已经快结束了。

是的,妈妈来了。这么远的路他不需要自己走回去了。别的同学住在城里,只需要从校门走过几条街就到家了,到家时脚都还没走暖和呢。在这样刺骨寒冷的傍晚,能被马车快快地拉回家,安东尼感到很高兴。正想着,妈妈从马车上下来了。

"你的大衣呢,安东尼?哦,在你手里。赶快穿上,亲爱的,不然要感冒。"

"没事儿,妈妈。"当着其他男孩的面,安东尼漫不经心地说。那些男孩动不动就说别人娇生惯养的没出息。他开始穿大衣，妈妈帮他把大衣在肩上拉平，又把他里面穿的夹克衫袖子拉出大衣袖。他真不愿意妈妈这样做，就好像他还很小很小，什么都要妈妈替他做。

"好了！"妈妈说，"现在穿上这个，亲爱的。"她从马车上拿来另一件大衣。这种事还是头一次发生，旁边有一两个男孩已经开始偷笑起来，安东尼脸都红了。

"我不要穿，妈妈。"他低声说道。

"要穿，亲爱的，你一定要穿上。你都不知道今天坐车多冷。你必须得穿上，我敢说明天肯定要下雪。"

他躲闪着不想穿，但是一点儿用都没有。妈妈当着大家的面，把第二件大衣给他穿上了。安东尼感到又厚又不舒服。不过让他真正不舒服的是那些男孩们的讥笑，他们讥笑他这么大了，妈妈还把他当三岁小孩子一样呵护。妈妈似乎根本没有注意到这些，继续把他的袖子拉平，把围巾裹在他的脖子上，弄得他感觉自己像一团包裹。他爬进马车，妈妈又在他的小细腿上裹上毛毯，这时候他听见那些男孩们喊："三岁小孩子长不大，两件大衣的娇娇娃！"

妈妈停了下来，瞪了那些小男孩一眼，他们马上不作声了。安东尼可怜兮兮地坐在回家的马车上，羞愧难当，他无法原谅妈妈这样做。他宁可冻死，是的，宁可冻死！他很清楚明天学校会是什么样子，可是她不明白。唉！她怎么能这样做呢？她应该知道的呀。

回去的路上他没有和妈妈说一句话。妈妈帮他下了马车，进了暖和的门厅，想帮他脱下大衣，但是他身子一扭挣脱开来，自己脱下了那两件可恨的大衣。吃晚饭的时候他还在生闷气，直到上床都闷闷不乐。爸爸在看书，没有注意到发生了什么。妈妈和平时一样时不时地说几句亲切的话，邀请安东尼一起玩游戏，或者让他去帮她拿件东西。安东尼很不情愿地去帮她拿了东西，但是不肯和她玩游戏。他不会原谅她的，永远都不会。他径自去睡觉了，没有亲吻妈妈道晚安。

刚躺上床，他听见妈妈进了屋。他假装睡着了。妈妈走过来站在床边说："亲爱的安东尼。"他没有回答。"晚安，安东尼。"他也没有回答。"可怜的安东尼。"她轻声说，亲了亲他的脸颊，然后走出了房间。

安东尼很长时间无法入睡，又难过，又生气，又羞愧，明天就要来了。

第二天终于来了，天气阴暗寒冷。预测的雪没有下起来。安东尼匆匆吃了早饭，趁妈妈离开房间去跟拉拉说话的机会，抓起书包跑出门去。他加快步伐上了小路，一边走一边背上书包。他怕妈妈会送他去上学，或者一定要他穿两件大衣去上学。不，他才不呢，永远也不！他要一件大衣都不穿地去上学。他故意把大衣留在家里，也不戴围巾和手套。他就是要露着脖子和手出现在学校，让他们看看！

但是，天啦！他们怎么会管你是不是露着脖子、冻着手啊？他一到学校，就听到起哄了：

"三岁小孩子长不大，两件大衣的娇娇娃！"

学校里每个人都知道了妈妈昨天给他穿两件大衣的事。安东尼知道，按照学校的传统，他已经得到了一个很耻辱的绰号，这个绰号会一直贴在他身上摆脱不了。妈妈毁了他的童年。

这一天过去了。一放学，安东尼就赶快离开了学校。这种事不能发生第二次了，他知道妈妈肯定要来接他，这天比昨天还暗，而且她肯定会发现他的大衣、围巾和手套都留在门厅里。

安东尼悄悄绕到学校后门，走另外一条路，和妈妈来接他的路不同。他要走后面的街道离开城市，穿过开阔的田野，然后走乡村小路回家。那些乡村小路马车是通不过的。他选择的这条路比平时的路远一倍，这个天气这么冷，走路会很受罪，而且也没有面包店。但是没有关系，反正那种事不能再发生第二次了。

妈妈到学校找不到他，她肯定会感到害怕的，那是她活该。

安东尼带着得意和报复的心情，气喘吁吁地穿街走巷，他跨过栅栏走入了开阔的田野，越过栅栏时，他差点儿摔倒。现在根本看不到妈妈的影子，而且一路上也没有遇到一个熟人。这时天已经很黑了，又开始下起了雪。

最初，雪下得很慢，大片大片的雪花，轻轻地融化在他的脸颊上。但是很快雪花就密集起来了，大雪纷飞，落在脸上生疼。他把头缩进脖子里，大雪覆盖了道路，他连地都看不见了。他抬起头，天也看不见了。除了黑暗，什么也看不见；除了浓密刺骨的大雪，什么也感觉不到了。没多会儿，安东尼迷路了。

他在田野里深一脚浅一脚地走着，周围的一切都很陌生。有时他碰到一些覆盖着雪的树篱，他敢肯定以前从来没有见过。他掉进的沟，撞到的树，都是陌生的。他感到又冷又怕又累，开始大哭起来。噢，他太冷了——要是穿上了那件大衣多好啊！噢，他感到太害怕了——要是妈妈来了就好了！噢，他太累了——要是他敢停下来躺下休息就好了。

最后，他不得不躺下了，他的腿再也走不动了。他也不知道他究竟躺在什么地方，他只是躺在那里哭啊哭，这个时候，雪仍然继续在下着。有时他抽抽泣泣地说："我太冷了！太冷了！"

有时又叫喊道:"妈妈,妈妈,妈妈!"

"可怜的安东尼!"一个声音响起了。那多像妈妈的声音啊,他抬起头,一个穿宽大斗篷的女人正向他弯下腰。但是他不能确定到底是不是妈妈,虽然模样和声音都很像。他向她伸出双臂,喃喃地说:"我冷,妈妈,我太冷了。"

"可怜的安东尼,"她又说道,"我们得找一件大衣。不过什么大衣最好呢?"她想了一会儿,然后叫道:"咩——咩!"

一只毛茸茸的小羊从雪地上跑来。"妈妈,什么事?"

"安东尼太冷了,想要一件大衣。"

"那让他穿我的吧。"小羊说着脱下了整张毛茸茸的羊皮。那女人把它裹在了安东尼身上,说:"好了!"

"我还冷,我还冷,不够啊!"安东尼哭着说。

"嘎——嘎!"那女人说。一只野鸭从天空中飞了下来。

"妈妈,什么事?"

"安东尼冷,他想要两件大衣。"

"那让他穿我的吧。"鸭子说着脱下自己的羽毛衣。女人把它罩在安东尼的羊皮衣外,说:"好点没?"

"还不够!"安东尼哭喊道。

"咕——咕!"女人说着,从树上飞出了一只鸽子。

"妈妈,什么事?"

"安东尼很冷,他想要三件大衣。"

"那让他穿我的吧。"鸽子说着脱下自己毛茸茸的羽毛,女人把它披在安东尼身上的鸭毛衣上面。"现在感觉怎么样?"女人问。

"还是不够。"安东尼说。

"哞——哞!"女人说,从树篱里走出一头小牛。

"妈妈,什么事?"

"安东尼很冷,他想要四件大衣。"

"那让他穿我的吧。"小牛说着把牛皮脱下来,女人又把牛皮披在安东尼身上的鸽子羽毛衣上。"现在暖和了吧?"她问。

"差不多了。"安东尼小声地说。

"什么?还不够?"女人说,"你想要五件大衣,是不是?还有谁的大衣能让你觉得更暖和呢,可怜的安东尼。"她的声音听起来含有歉意和笑意,她马上伸出手臂,安东尼爬进了她的怀抱,她用她的斗篷严严实实地裹住了安东尼。

安东尼暖暖和和地睡着了。

当他醒来时,还躺在妈妈怀里,那辆马车已经快到家了。约翰·柏登在赶马车。

安东尼眨着眼睛迷惑地看着妈妈，妈妈把他搂得更紧了，说，"没事了，亲爱的，没事了。"妈妈坐着马车从学校回家时，遇到约翰·柏登，他们一起去寻找安东尼。后来发现他的书本散落在栅栏边，接着又发现安东尼躺在栅栏那边的田野里。他们寻找他时，用的就是那盏让安东尼倾慕已久的牛角灯。妈妈悄悄告诉他，那天下午去学校时，她就买好了。现在这盏灯属于他了。安东尼轻声说："噢，妈妈！"他觉得更温暖了。

到了家，约翰·柏登把安东尼抱进屋子，他们不得不脱下安东尼身上的所有东西：妈妈的斗篷、一条大围巾、约翰·柏登的皮背心、他自己的两件大衣。安东尼每脱一件就数一件，"五

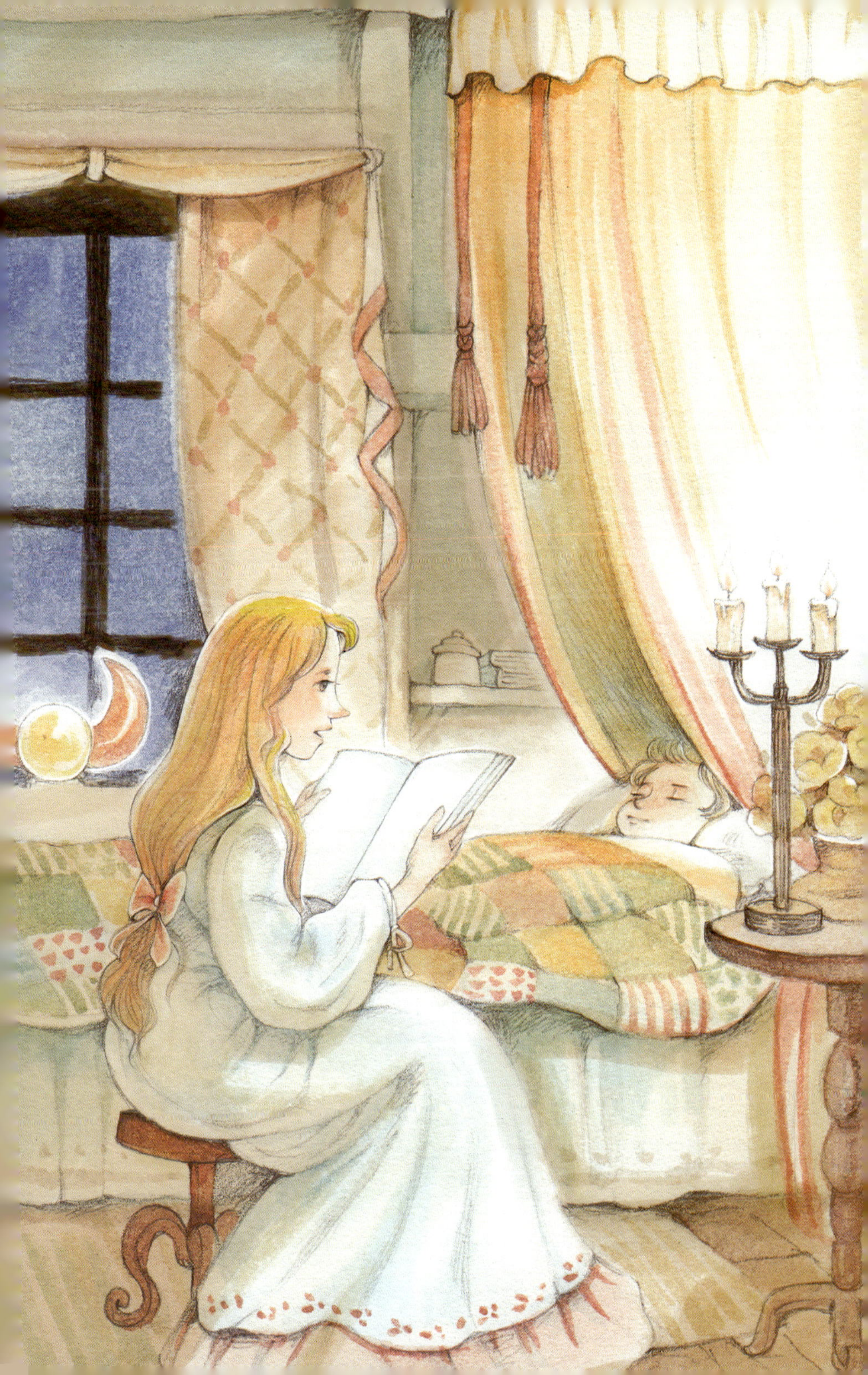

件！"他得意地喊道，"我穿了五件大衣！"

妈妈笑了，爸爸给了约翰·柏登一些钱，又请他喝了一杯。芭芭匆匆跑来，把安东尼带去洗热水澡。

"你要是能逃过重感冒就算你幸运了！"她责备道。

但是安东尼才不管得不得感冒呢。"我能把我的灯带上床吗？"他问。

"可以，亲爱的。"芭芭刚要说"当然不行"时，妈妈说道。

"哼，灯！"芭芭哼哼道，"你根本不配得到这盏灯，你这个淘气包！"

"行了，芭芭。"妈妈说。

安东尼洗完热水澡，喝了一杯热饮，坐在床上把那盏灯里里外外看了个够。妈妈走进房间，坐在他床边，跟他讲了许许多多俄罗斯人的奇闻怪事，以及他们在冬天的故事。

第二天，真是奇迹，安东尼竟然一点儿都没感冒的迹象。芭芭说算他走运，并想让他在家里待一天。可是安东尼苦苦哀求去上学，妈妈也同意他去。

刚到学校操场，就有人朝他喊："三岁小孩子长不大，两件大衣的娇娇娃！"安东尼向那个男孩走过去，说："两件大衣！

哼！昨天我穿了五件大衣！这算什么？俄罗斯人冬天要穿九件或者十件大衣呢。他们的窗户有两层，门也是两层。如果他们的耳朵和鼻子被冻住了的话，就会像玻璃一样断了掉下来。你看，我有一盏牛角灯。"

"什么？不会是拐角那间店铺里的那盏吧？"那男孩说。

"没错，就是那盏。你瞧瞧吧。"安东尼说，"你真的可以用它在黑暗里找到东西。"

"我的天哪！"那男孩说着从安东尼手中接过牛角灯仔细摆弄起来，其他男孩子也都好奇地围过来看着，两件大衣的事情好像都忘了。

美丽的米勒

离安东尼家两英里的地方,有一个很有名的别墅,关于它有一个故事。故事是这样的:从前,别墅里住着一位美丽的姑娘。她是那么可爱,以至于整个巴斯城的诗人们每周都要为她写诗。他们写完后,就会来到别墅的花园,沿着一条两边有树遮阴的小巷往前走,小巷尽头有一座柱子支撑起来的圆拱顶庙宇,下面放着一个巨大的古花瓶。诗人们就把他们写的没有署名的诗,放进花瓶里。到了约定的时间,那位美丽的姑娘就会来把诗取出来,当众朗读那些诗,并且从中选出她最喜欢的一首。然后她就会问:"这首诗是谁写的?"于是,那位幸福诗人就会走上前来,姑娘就把一顶用月桂树叶编制的花冠戴在他的头上。

"那后来她和那位诗人结婚了吗?"安东尼问。那是一个星期天,妈妈给他讲这个故事的时候,他们正好坐车经过别墅。妈妈停下马车,指着马路旁一座花园里面的一幢很大的老房子,给安东尼看。那里有非常醒目的古树和美丽的草坪,还有开满鲜花的花坛。所有这些,从前都属于一个美丽的姑娘,她的名字叫米勒。

"她不会和他结婚,"妈妈说,"那样的话,她每周都要和不同的人结婚了。"

"可不是嘛,她会把旧人的头砍下的。"安东尼说。

"那她就不是好人了。"妈妈说。

"故事里的公主就是把没有猜出谜语的人的头给砍下来的,"安东尼反驳说,"后来,她和那个猜出谜语的人结婚了,从此他们过着幸福的生活。如果她不是好人的话,他们怎么会过上幸福生活呢?"

"她后来变好了,但是最开始她不太好。"妈妈解释说。

"那么,美丽的米勒最后嫁人了吗?"安东尼问。

"噢,她嫁人了。"

"嫁给谁了?"

"米勒先生。"

"米勒先生往花瓶里放诗了吗?"

"说真的,我还真不知道,安东尼。"

"我猜他是这样做了,"安东尼说。"我猜他一连三周都写

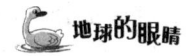

出了最好的诗，然后她就和他结婚了。"

"我敢说后来就是这样的。"妈妈说。

"那花瓶在哪里？"安东尼问，他站在马车上张望。

"从这里你看不到。我现在也不能确定它还在不在那里。不过，花园的第二个台阶那排树，就是那条荫凉小巷的一侧，你看到了吗？小巷尽头就是那个有花瓶的庙宇。"

"我很想去看看。"安东尼一边盯着看，一边催促着妈妈。

"也许有一天，我会认识住在别墅里的人，然后我就带你去。"妈妈说。

也许有一天……

安东尼知道"也许有一天"是什么意思。"也许"就是不太可能；"有一天"就是可能永远不会有。不过尽管如此，分开来看还有一点点希望，但是，"也许有一天"就连一丝希望都没有了。

马车继续行进着，安东尼脑子里都是那个故事。他想要去别墅探险，他想跑进那个有露台的花园；他想偷偷地去到那条遮阴的小巷，去亲自发现那座庙宇。他想去摸摸古花瓶里，看看里面有没有诗；他还想自己写一首诗，放进花瓶里。他想美丽的米勒姑娘在所有巴斯诗人面前读这首诗，然后说："这是最好的一首,是谁写的呢?"他想她亲自把桂冠戴在他的头上。他想连着三周写出最好的诗,然后和美丽的米勒姑娘结婚,从此和她过上幸福的生活。这些愿望使他一直沉浸在自己的幻想里,快到家时,突然看见他家那个布满青苔的磨坊水车,便问道:

"那个磨坊在哪里,妈妈?"

"什么磨坊,亲爱的?"

"可爱的米勒姑娘的磨坊啊,我在那花园里没有看到。"

"哦,她根本就没有磨坊,"妈妈说,"她一直住在别墅里。"

这让安东尼更费脑筋了。她没有嫁给那个磨坊主①吗?他怎么也想不明白。

那天晚上,他坐在床上,写下了他的第一首诗。

第二天早上,安东尼去上学。走了一段路,他本该朝右转,他却转向了左边。到本该坐在教室的时候,他却徘徊在山坡上的一条小路上,那条小路就在米勒姑娘的别墅后面。要从小路上下来,进入别墅花园,唯一的途径就是穿过一扇小门,那扇门开在花园斜坡脚下的高墙上。他试了试那扇门,可是却上着锁。于是,他绕着围墙往山上走,不一会儿就看见一个大门,但门边有

---
①英语磨坊主(cmiller)和人名米勒(Miller)发音相似。

人。因此他沿着小路游荡了一会又转回来，只见门边那些人已经从小路下去，朝公路走去了。于是，他小心翼翼地推了推门，高兴地发现门一推就开了。他推开一道足以让他通过的门缝，轻手轻脚地溜进门去。一过那扇门，他就发现自己高高地站在那个花园里，往下可以看到公路和运河，还可以看到花园的台阶一级一级地往下伸延，第一级有一道栏杆，其他每一级都是鲜花或者草坪或者苍松翠柏。在他的右手边，噢！太奇妙了！正是那条阴凉小巷的入口。花园沐浴在阳光里，但是小巷却绿荫幽幽。当他沿着小巷向前走时，一股芳香扑面而来。他走路的时候屏住呼吸，因为随时都可能遇到米勒姑娘。她可能会从任何一簇树林里走来，也可能会从任何一棵树后走来。不过，他希望米勒等他找到花瓶以后再出现。他把头一天晚上写的诗紧紧地攥在手里。

往前走，小巷的植被越来越浓密了，到了最后，他不得不用手推开一大堆树枝，然后一看，这不正是那座庙宇吗！它的柱子因年代久远已经长满了青苔，放在几级台阶之上的花瓶底座也是苔藓斑驳。可是这又有什么关系呢？看见底座上的花瓶还在，安东尼的心激动得狂跳起来，他登上台阶，踮着脚，把手伸进花瓶里面。果然摸到了一些东西——一大堆东西，是古树叶呢，还是一页页的纸呢？那一堆东西有点潮湿，还没等他从中捡起一片

来,就听见庙宇后面的树丛里传来窸窸窣窣的声音,他只来得及把那首皱巴巴的诗扔进花瓶,就跳下台阶,去迎接终于出现的米勒姑娘。

从树丛后面走出了一个小姑娘,一双灰色眼睛睁得大大的,乱蓬蓬的头发胡乱地编成一根小辫子。她的围裙上又是泥又是草,上面还撕破了一个口子。

"你是谁?"她气势汹汹地问。安东尼立即感到了敌意,于是回答:"我不告诉你。"

"我从来没见过你,"小姑娘说,"你来干吗?"

"我可不是为你而来的。"安东尼反驳道。

"哦,"小姑娘说,"那就走开。"她瞪着他说。安东尼

觉得这时掉头就走未免有失面子，他一边退后，一边对她怒目而视。小姑娘寸步不让地站在那里，说："男孩子们都讨厌极了，我不喜欢他们。"

安东尼很生气这个"他们"，好像把他排在男孩子外面了。他宁愿这个怒气冲冲的小姑娘说，"我不喜欢你"。沉默就意味着失败，所以他也开口反击道："女孩子也是，我也不喜欢她们。"

"你来干吗？"小姑娘又问。

"我不会告诉你。"安东尼也重复道。

"我会搞清楚的。"小姑娘说，"你刚才把手伸进花瓶了。"说着她也把手伸进花瓶。

这么说她已经看到了！这太过分了。她可以讨厌他，但是无法忍受她讨厌他的诗。他甚至无法忍受任何人读他的诗——任何人！除了可爱的米勒姑娘。可是米勒再也不会走在这条小巷上了。

他转身逃进了树丛，与此同时那个一脸怒气的小姑娘把他的心给掏出来了，她把它撕开，大声读起来：

美丽的米勒，

住在别墅里。

如果要我说，

她该在磨坊。

"这是你写的吗？"小姑娘喊道，语气里透着惊讶。

告诉她，让她嘲笑自己？他宁死也不愿告诉她。安东尼赶紧往外跑，一不小心，打了一个趔趄，他一把抓住最近的一棵灌木树才稳住了脚步，然后顺着小巷往前冲，身后传来小姑娘的喊声，"这是一首好傻的诗！"

终于，他跑出了大门，听不见小姑娘的声音了。他满脸通红，幸而群山看不到他的羞愧。

他静下来，松开一直紧紧握着的拳头时，才发现一只手里有一枚月桂树叶，那是自己逃跑时从那棵灌木树上扯下来的。

听到树生长的人

在安东尼的村子里，有一个老浪荡汉，他的名字叫吉姆·斯托克斯。"浪荡汉是什么意思，芭芭？"安东尼问。

"就是一种肮脏无耻的人，"芭芭说，"你看吉姆·斯托克斯有多脏，他斜着眼看人的样子有多丑！而且他总是醉醺醺的，那个令人作呕的老家伙。"

但是芭芭说得不对。吉姆·斯托克斯并不总是醉醺醺的，他每年有一半时间是清醒的，而且，一年里有九个月他是在干活的，只有剩下的那三个月他才像森林里的一根木头一样闲着无事。他会在清醒干活的九个月里，攒下足够的钱，供他在接下来的三个月里无所事事。其余的钱就都拿去喝酒了。他有一个弟弟，是个杂货店老板，还是邻村一个教堂的执事。他的弟弟是一个很有自尊的人，不愿意和吉姆扯上一点儿关系。如果两人在路上遇到，杂货店老板会目不斜视地只顾往前走，而吉姆就站在旁边，嘲笑着斜着眼睛看他。吉姆·斯托克斯长得很矮，身体四四方方、敦敦实实的，只有一只眼睛，驼着一个肩膀，就像是土地神那样的侏儒。安东尼被他迷住了。可是，每次遇到吉姆，芭芭总是拉着他使劲往前走，吉姆看到芭芭这样做，就会斜着眼睛嘲笑地看着她。

有一天，安东尼到店里去买糖果的时候，遇到了吉姆。吉姆正在为一个农场主修补树篱，这正是他干活的月份。安东尼停下脚步注视着他。看别人做事是一件有趣的事，何况吉姆干活很出色。如果他干活很糟糕，农场主们也不会请他来干了。很奇怪的是，吉姆这个老浪荡汉干什么活都是一把好手，修补树篱、挖沟、锄地、挖土等，样样精通，即使是在喝得醉醺醺的情况下，他也能干得很好。吉姆斜视着安东尼说："你在看谁？"

"你呗。"安东尼说。

"那你尽管看，看看又不会损失什么。"吉姆说。

安东尼巴不得他这样，因为吉姆斜着眼看他的样子让他有点儿怕了。

"你手里拿着什么？"吉姆说。

"一个便士。"安东尼说。

"你这小家伙福气好啊,有一便士。"吉姆用嘲笑的口吻说,"我一分钱都没有。"

安东尼立即把自己的那一便士递给他,吉姆接过来放进自己的口袋里。

"我没问你要哈,"吉姆说,"对不对?"

"对。"安东尼说。

"那就祝你快乐吧,"吉姆说,"乖孩子,到回家的时候了。"

安东尼就乖乖地回家去了。

当他们单独遇到时,吉姆总是问安东尼手里或者包里有什么,如果是一个便士,安东尼就给他,如果是糖果,他们就分着吃,尽管吉姆瞧不起糖果,说自己很少吃糖。有一天,农场主发现他们在一起,就怀疑地看着吉姆。

"怎么回事,"农场主说,"你没有找这小孩的麻烦吧?"

"找他麻烦?我?"老浪荡汉说,"他和我是朋友。"他斜视着安东尼说,"你说是不是?"

"是的。"安东尼说。这一点他没有想过,不过他突然觉得,他们确实已经是朋友了。

一天,还在早春,安东尼和他爸爸一起,遇到了那个农场主。他们互相问候之后,爸爸问农场主最近过得怎么样。

"不怎么样,"农场主说,"就是缺人手。吉姆又甩手不干了,这个游手好闲的老家伙,五月以前我是指望不上他了。"

"迪克·沃特斯也是这么说。"安东尼的爸爸说。迪克·沃特斯是村里酒吧的老板。

"就是,"农场主说,"吉姆可真是一个怪人,工作时是个酒鬼,闲暇时却很清醒。"他摇了摇头,好像弄不清哪种状态更糟糕。

"是啊,"安东尼的爸爸说,"他的闲暇是他挣出来的。"

"哎,"农场主说,"还要专门为此停工。他干活时,他不会把所有的钱花在买酒上。只是从五月到十一月,迪克·沃特斯才会经常在酒吧看到他。从那以后到二月,吉姆就跟你我一样清醒,并且为他游手好闲的时光积攒钱。可是我说,这到底是为了什么呢?有什么人会在三个月里什么事都不干呢?"

"是啊,"安东尼的爸爸说,"谁知道他是不是真的什么也不干呢?"

"那还错得了吗,这是人们亲眼所见啊,"农场主说,"这根本就不是什么秘密。这三个月的任何时候,都能在三顷林里找到他,叼着烟斗躺在树下。可是为什么呢?我只想知道为什么。"

"你问过他原因吗？"

"嗨，问过，可你猜我得到了什么样的回答？'我在休假，老板。'吉姆对我说。'为什么呢，吉姆？'我问，'去听树木生长。'他说。'我五月就回来，主人。'然后他就走了。可是为什么呢？"

安东尼感到奇怪，为什么农场上不停地问为什么？吉姆·沃特斯不是已经告诉他为什么了吗。所以安东尼有了机会，马上就去了三顷林。

这是一年里寸草不生的时候，然而你知道，马上万物就要复苏了。阳光穿过光秃秃的树枝，乌鸦在上面呱呱地叫着，树林里没有低矮的树木遮住视线，只有在潮湿的地面上，零零星星地长着一些紫罗兰，和一些刚长出来的山靛草。不久安东尼就找到了吉姆·斯托克斯，他像一截老木头一样躺在一棵树下。他背对着安东尼，烟斗里冒出的烟盘旋在他头顶上。他听到小男孩走来，并没有回头，只是举起一根手指，让他不要作声。安东尼尽量轻轻地走过来，背对着树干，坐在吉姆身边。

时间一分一分地过去了，两个人在那里一声不吭。安东尼盯着地上，竖起耳朵尽力倾听，可什么也没听见。如果吉姆能听见什么,他的耳朵一定特别尖,不然就是他听得更专注。一个小时过去了,安东尼感到非常失望。他本来半信半疑地希望,在他用力倾听的时候,他脚边的土地上会有树长出来,可是一切都和刚才一样。

"这就是你错的地方。"吉姆一边说,一边把烟斗从嘴里拿出来,又装满烟丝。"你是在看,不是在听。你以为人的眼睛都很尖,可以看到树木生长吗?闭上眼睛,不要再去看了!只是去听!小笨蛋。"

他在安东尼面前吐出大股大股的烟来,刺得安东尼的眼睛很痛,视线都模糊了,安东尼顺从地闭上了眼睛。

"好!好了!好!好了!"

是谁在说话?

"来了,来了!来了,来了!好,好了!好,好了!"

大地在他脚下轻摇,摇来摇去,摇前摇后,就像是一次次的心跳。"那儿,那儿!来了,来了!好了,好了!"那些小小的种子舒舒服服地躺在大地的温床里,随着大地的轻摇,内心也不免悸动起来。安东尼能够听得到它们的跳动,像他自己的心跳。那是一些小小的种子:有平平的、有圆圆的、有椭圆的、有从橡树上掉下的橡果、有从白蜡树飞下的翅膀,还有从坚果里蹦出的小三角。大地里挤满了这样的种子，随着大地的摇摆，它们的心都在怦怦地跳动，但是没有一个从地里冒出来，没有一颗在森林里它们的祖父母的脚边露出一点尖尖角。

"啊，就在这下面，将会冒出一个什么样的森林啊！"老吉姆一边念叨着，一边大口大口地抽烟。"一个多么宏伟的森林。"

"什么时候，吉姆？"

"一百年以后吧，也许。我们看不到它长成宏伟的时候，但是我们能看到它开始生长的时候。现在这些高大树木，到那时就会成为烟灰，其他树会占据它们的位置代替它们。不过那些树也会轮到它们成为烟灰。听听这咔咔的声音，这是那边那棵老橡树发出来的，它在生长，不是吗？我已经听了四十年了。还有那边的栗树、荆棘树，它们都在生长，从不停歇，从不！不管是直的还是弯的，咔咔的，它们必须不停地长，这是没有办法的事。嘘！"

"嘘——嘘！好了——好了！那里，来了——来了！"

摇啊——摇啊！大地在摇晃。

怦怦——怦怦！安东尼的心在跳动。

他不再是一个小孩子，他是大地的一颗种子。他是一颗什么样的种子呢？要等多久他才能知道自己，是一棵高直的枫树，还是一棵弯曲的荆枝？

"那有什么关系呢？直的或者弯的，都是大地的。"吉姆抽着烟斗说，"大地让所有的种子同样生长。到了最后，都得变成烟灰，那时谁还看得出来区别？快听！"

"听——听啊！好——好了！那里，来了——来了！"

一年过去了，安东尼让他小小的嫩芽从地缝里冒了出来。现在他能看见森林了，那里有他必须坚守的位置，与其他树一起。那些树好高啊，一些很美，一些很怪。那棵温柔优雅的白蜡树像他妈妈，那他以后就会是一棵白蜡树了。那棵梧桐树像他爸爸，那么他会成为一棵梧桐树吗？看那棵可笑的弯弯扭扭的荆棘树，就像是吉姆·斯托克斯。那如果自己长成了一棵荆棘树呢？年复一年地过去了，安东尼一直在长。他的嫩芽最初像花朵一样娇嫩，随后，一年比一年变得坚硬，一年比一年变得强壮。

"当心兔子，"那棵荆棘树嘲笑着说，"你还不安全呢，它们一有机会就会来啃你，那你怎么办？"

但是兔子没有来啃吃他。又是许多年过去了。

一个带着斧头的男人来把荆棘树砍走了。

又是一年，那棵梧桐树也被砍走了，接着是白蜡树。老森林里的树一棵一棵消失了，新的树木成长起来。森林还是森林，尽管树都换了一茬又一茬。

六十年过去了，安东尼一直忙着倾听万物的生长，从没有停下来看看自己是一棵什么树。他能看到他周围所有的树，但是就是不能看到他自己。

"我是什么？我是什么？"他大声地喊着。

"不要不停地问这么多问题，"吉姆低吼着，把烟斗拿出来又重新装满，"这样只会扰乱你的心神。如果你不闭嘴，就带着你的问题回家去吧。"

安东尼眨着眼睛，看着吉姆大口大口地吞云吐雾。可是他实在无法压抑脑子里的问题，它们在头脑里挤得满满的，就像大地里的种子。他只能听见这些问题在头脑里吵闹的声音，再也听不见树子生长的声音了。

于是他站了起来，偷偷地溜走了，留下吉姆·斯托克斯一个人，像一根木头一样躺在树下，神情淡然、心静如水，一边抽烟一边倾听。

安东尼长大了,
因为生活的缘故,
他远离了地球的眼睛很多年。

罗马木偶人

当罗马木偶人来伦敦演出的时候,安东尼第一天晚上就去观看了。周围的人他都不认识,孤零零地一个人坐在一个陌生的世界里。

帷幕拉开了,一个穿着白绸短裤、小巧玲珑、精致优美的木偶出现了。它的身材像一个小孩那样大小,扮演的却不是小孩的角色。看到这个小木偶,安东尼突然不知道是世界变大了,还是自己变小了。他只是感觉,他没有变,是周围的世界变大了,他又有了小时候一样的感觉。他和那个小木偶才是正常的状态,他能够完全彻底地理解它。小木偶比画着,表演着,好像把故事书里的情节搬到了现实的情境中。

它说话了,故事情节里的那些人物纷纷出来了,一个个走进安东尼的视线:一个追逐蝴蝶的小丑、一个倒立着从跷跷板上翻下来的丑角、一个在球上表演平衡技巧的四肢优美的美女、一个走钢索技术令人赞叹不绝的黑人小伙……所有这些，很可能在他书架上的某一本书里出现过。这些小小的马戏角色演完之后，童话故事就开始了。黎明时，鸟儿在一个中了魔法的池塘上唱歌，青蛙在呱呱地跳着；一个传令官吹响了金色的号角，仙女们从水里飞起来；王室保姆在摇着摇篮，臣子们都对着美丽的婴儿鞠躬，国王和王后站在一旁，那么自豪，那么幸福；仙女们带来了祝福，而绿巫婆却带来了诅咒——《睡美人》那本故事书在他脑子里活了起来。

时光飞逝，整整十八年过去了。绿巫婆在阁楼纺纱，公主走了进来。

那是一位金发公主！从来没有哪个公主有如此可爱！安东尼的心狂跳起来。

然而这个时候，他回过神来，他重新认识到自己的身躯。他太大了。那怎么办呢？这真叫人无法忍受。

每天晚上，他都来到剧院，坐在他的那个位子上，等待着童话故事里那位公主出现，她那小小的身影在他眼前是那么真实。他孤独地坐在那里，那么大的块头不合时宜地置身于一个陌生的世界，眼里除了她，看不见别人。他注视着她的每一个动作，迷失在她的一切里：她的青春、她的单纯、她的活泼、她对纺锤的欣喜、她的意外、她的痛苦、她天仙般晕厥在椅子上的姿态。他看见她静静地躺在王室的长沙发上，蜘蛛在织着网，而透过蜘蛛网，她仍然灿烂地散发出美丽的光芒。

一百年过去了，一个吻唤醒了她。那是谁的吻？天哪！他知道自己太大了。

一晚又一晚，他都去看他的公主，那个不只是被舞台的脚灯把他们隔开的公主。不久，他注意到小人公主总是把她的头朝向他座位的方向。她一上台就用目光寻找他；她在晕厥的痛苦中，微弱地呼唤他；她的苏醒也只是因为他。她的手放在心口上，四肢微微颤抖——这是为了谁？一切都是为了他。

她是一个牵线木偶？那他也只不过是个木偶！但是，天啦，悲催的尺寸（他的身躯）。他们该怎么办，安东尼和他微型的公主？一晚又一晚，他们彼此哀寻着。有一个晚上，他的眼睛湿润了，他也看到了她眼里的泪水。

他不能再耽误了。他知道，公主与她那个小小世界里的所有生灵一样，都是被一个魔法师和巫师用魔法和手势操控的。他还是个小孩子时就知道得很清楚，他们才是真实的世界。他必须重新进入那个世界，这就是他要做的。他的思想和内心都适合那个世界，妨碍他的只是他的身材。

他走到巫师的门口，摁响了门铃。他被带到老巫师的书房里。

"什么事？"巫师说。

"我爱公主。"安东尼说。

"那又怎么样？"巫师说。

"收下我吧！"安东尼央求道，"让我做那个王子！"

"我不需要另一个王子，"巫师说，"我只需要一个新的丑角。"

"我可以当你的丑角，"安东尼说，"我可以跳舞，表演翻筋斗，让人们发笑。但是只要一个晚上——就是今晚——我必须是王子。这是我提出的唯一条件。"

"好吧。"巫师说。

巫师收下了他，并在他身上施了魔法。瞬间他周围的世界变得如此庞大，椅子和桌子如同参天大树，高耸在他头顶，天花板直冲云霄，巫师变得和他爸爸一样高了，跟以前他在地板上玩、他爸爸常常高高地站在他旁边一样了。

巫师给安东尼穿上了一件红色的衣服，然后把他带进剧场。他听得见很远的音乐和笑声，但是什么也看不见。到了深夜，他进入被施了魔法的森林，那里公主在等着他的亲吻。

进入森林的危险消失了，枝丫错横的树林退去了，他来到了城堡里。他拍醒了正在熟睡的厨师；找到了蛛网密布的大厅，奋力作战杀死了蜘蛛，拨开蛛网，长沙发上躺着的公主出现在他眼前。他激动得四肢颤抖，快步冲过去，朝公主俯下身——

啊！那却不是她！

正要亲吻的他，痛苦万分地退却了。他抬头往上看，巫师坐在那里，视而不见，毫无表情。他阴沉的眼睛仿佛在说："我什么也没有承诺。"

可是为什么？为什么要恶意地更换她？安东尼在心里大喊。他绝望地凝视着脚灯外那个不真实的世界。啊，他看见在他以前的座位上，坐着公主，也正绝望地凝视着他。——她依然那么可爱，披着从前的金发，然而身体就像前一夜他的身体那样，正孤单地坐在那个陌生的世界里——

剧场充满了衣服的窸窣声和鼓掌声，第一天晚上的演出结束了。

像其他所有人一样，安东尼回家睡觉去了。

安东尼回来了。
安东尼老了,
生活让他离开了伦敦,
又回到了地球的眼睛。

在路上

当安东尼走出巴斯车站时，他知道没有人来接他，那里已经没有人会这样做了。他没有行李，行李比他早到还是晚到，他已经记不清了，而且行李本来也很少。他逐渐积累的财产，随着他一次一次的搬家，不是送人，就是丢弃了，或者根本就忘了。这么多年过去了，他站在通向磨坊房子那条路的起点上，无牵无挂，就像很多年前，他还是一个小学生回家时的情形一样。他在街上流连，一些街道变了，一些几乎还是原样。在他离开巴斯之前，曾绕着修道院走了一圈，现在的修道院几乎没有变化，右边的天使仍然向上爬，左边的天使仍然往下爬。这些年来它们一直都在那里，而他又在哪里呢？

"哦，不是在这里，就是在那里，总归是梦绕着这里的一切。"一个声音在他耳边响起，是爸爸的声音。他抬头四顾，转眼间爸爸可能已经走进了修道院或者抽水房。安东尼犹豫着是否应该跟进去，或许他会发现爸爸在看修道院里的装饰匾，或是又去到了罗马浴场的遗址中。但他又担心遇不到爸爸而耽误时间，他急着想回家。

他绕到自己以前的旧学校，欣喜地看见男孩子们正从学校里出来。他花了几分钟凝视学校大门，侧耳听了听会不会有妈妈的马车声。几分钟后，他决定不等马车，自己走回去，以前他也时常这样做，那是多少年前的事了呢？在听到车轮声之前，他还可以到伯顿夫人的面包店去，要一个小圆面包。在面包店免费拿面包使他觉得自己像是店老板。无论他要什么，伯顿夫人都会给他，而且从来不要他付钱。他可以要小圆面包，也可以要皇后蛋糕。有一天他可能会要那个橱窗里的结婚蛋糕，那是他一直就想要的。再说，为什么每天都要做同样的事呢？那我们活着还有什么意思呢？

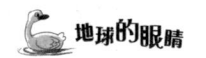

安东尼用手摸着头想，他以前听到过这个问题，是在哪里听到的呢？接着，他不再回忆，而是去试图回答这个问题。活着是为了什么呢？肯定不是伯顿夫人店里可以给你结婚蛋糕，而你却只要一个小圆面包。面包店到了！他又一次走进店里，盯着那个三层的蛋糕，上面还有一盆花，比他记忆中的更加诱人。他多么渴望得到那个蛋糕啊。

他听到柜台后面的女人说："你想买点什么？"接着他听到一个小男孩回答："请帮我拿一下结婚蛋糕，伯顿夫人。"

他听到丝质的纸沙沙地响，又看见蛋糕被包在薄纱纸里，像新娘穿上了婚纱。当包裹放进安东尼手里时，他结结巴巴地问："多少钱？"

"嗨,不用付钱。"伯顿夫人和蔼地说。

"那就记账吧。"小男孩说。

又往前走了几步就到达了旧货店。他童年时的一盏灯就来自于此。此刻他非常想念那盏灯,回家路上肯定用得着。如果天突然黑了,手里有这盏灯找东西会是多么有用。

"找什么东西呢?"安东尼自己问道。

"比如,你可能会在暴风雪中迷路,有了它,你就绝对安全了。你知道的,有了它,你什么都找得到。"

"我想找很多东西。"安东尼说,"你只需要用它往黑黑的角落一照就可以了。"小男孩说。

然后他又来到了那个带坡棚的小木屋。坡棚比安东尼记忆中的矮很多,但确实是原来那一个。因为,那儿的两个洞眼还在。

"我认为是鸽子洞。"

安东尼以前也这样认为。

"你看见过鸽子进出吗?"

没有,安东尼没有看见过。

"我也没有。但是我确定里面一定有鸽子。"

安东尼过去也非常确定。

"可是我不够高,看不到里面。"

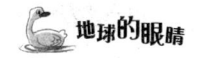

当时安东尼也是。

"现在你够高了。"小男孩非常清楚地说。

对呀，没错，怪不得小屋变矮了，是因为他长高了，如果站得近一点儿，就能看到里面了。

"里面肯定有东西，不然谁会无缘无故造两个洞呢。"

洞眼里面的小房间非常完整漂亮，从地板到天花板都贴着雏菊图案的墙纸，和安东尼记忆里，他小时候的卧室里的墙纸一样。房间后面有一扇小窗，挂着他原来卧室一样的窗帘。地面铺着苔绿色的地毯，地毯中间坐着两只矮胖的鸽子。它们长得一模一样，只不过一只的眼睛是蓝色，一只的是棕色。它们中间放着一个银蛋。

那个蛋是两只鸽子的骄傲，它们看护着它，对着它咕咕地叫，用柔软的胸护卫着它。

"啦——啦！"一只叫着。

"芭——芭！"另一只叫着。安东尼觉得那个蛋在它们的关怀下长大了一点儿。

这时传来了敲窗户的声音。一只鸽子用嘴撩起窗帘，另一只鸽子拔开插销，把窗框推开。外面漆黑一片，借助室内的灯光，安东尼看见敲窗户的竟然是蹦跳大娘。

"蛋准备好了吗?"她问。

"准备好了,蹦跳大娘。但是我们没有了它,该怎么办啊?"一只鸽子说。

"我们的心肝蛋,如果没有了它,我们会伤心欲绝的。"另一只说。

"得了,得了!全世界的鸽子都是一个样!"蹦跳大娘凶巴巴地说,"总是想把它们的蛋留在身边。即使不是亲生的也是如此。"

"但这是归我们负责的呀。每一个忠诚的鸽子都要尽它的责任。"

"那倒是不错。但是你们总不能不让鸟儿出壳吧?"

"唉,真希望我们能这样呢!"鸽子咕咕叫着说,"这么漂亮得像银子一样闪闪的蛋壳要被打破好可惜。"

"什么银闪闪的新东西!"蹦跳大娘厉声地说,"快点儿,交出来吧。"

"噢,蹦跳大娘,请你不要把它永远带走吧!你想想,我们孵养了它,但是它却不认识我们,甚至不记得我们。"那只棕色眼睛的鸽子恳求道。

"好吧,好吧,也许可以想点办法,"蹦跳大娘说,"但是

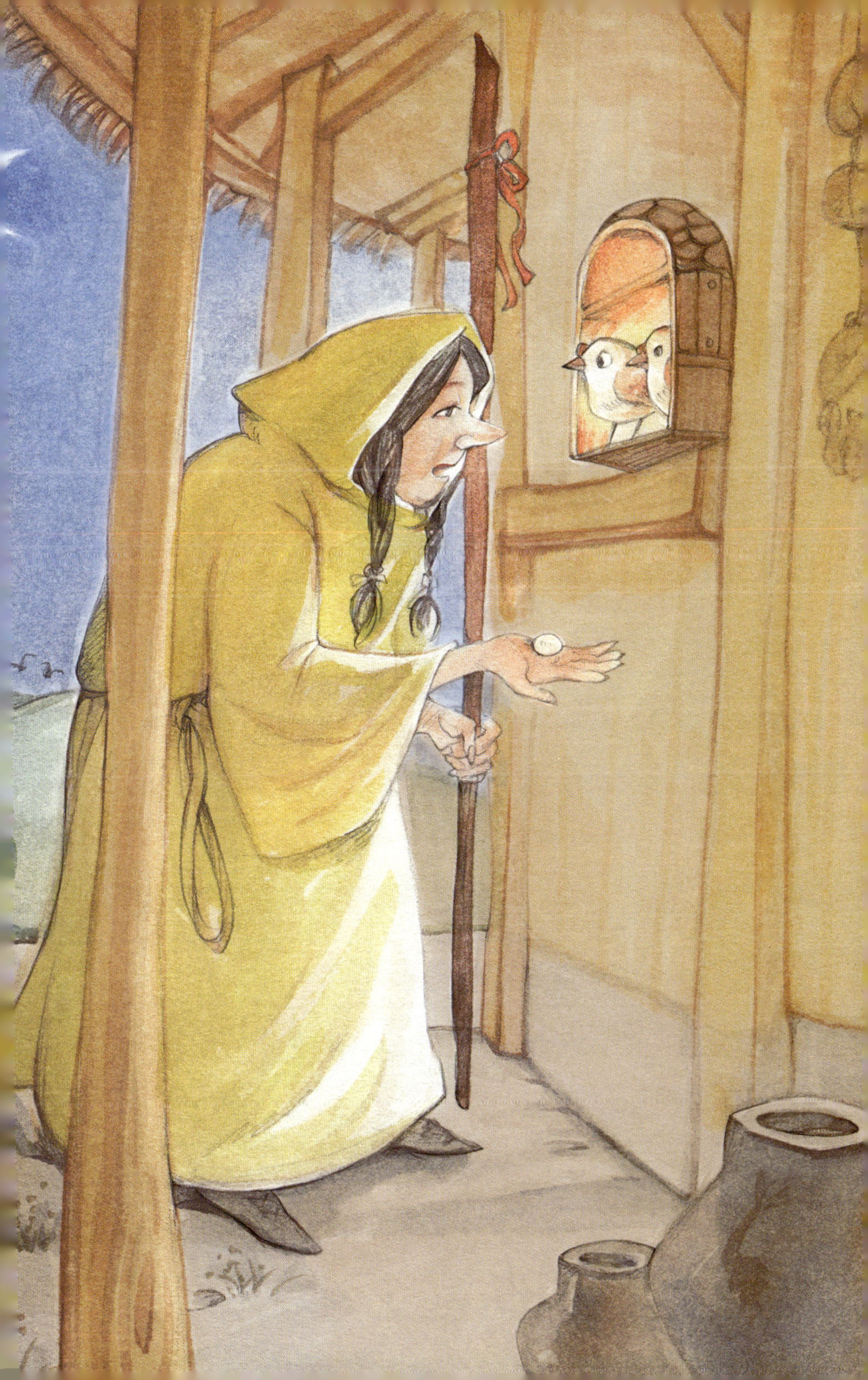

这却需要你们做出一些牺牲，亲爱的。"

"什么样的牺牲，蹦跳大娘？"

"你们必须脱掉羽毛，必须放弃翅膀，不再做鸟，而是当保姆。"

"那样太难了。"鸽子们说。

"哈，当然。"蹦跳大娘说，"如果你们愿意这样做，就能把蛋归你们照管，直到它不再需要你们。之后你们就会失去它，独自忍受这一切。"

"那么我们的安慰是什么呢？"鸽子们问。

"它有时会记起你们，有时会为它的壳哭泣。"

"它美丽的银闪闪的壳！"棕色眼睛的鸽子说。

"空蛋壳一点儿用都没有，虽然是银的。"蹦跳大娘说。

"是的，尽管如此，我还是愿意把它还回去，给它做礼物。"鸽子说。

"毫无疑问，"蹦跳大娘说，"但是你永远也给不了，尽管它为此哭泣。"

她接过蛋，把它打破成两半，很快把小鸟用长布条包好藏在她的大氅下，她动作太快，安东尼什么都没看见，然后她就飞出窗户消失了。两只胖乎乎的鸽子坐在两半蛋壳旁边哭泣，泪水装满了蛋壳。

"啦——啦！"蓝眼睛鸽子叫道，"再见，我们可爱的房子。"

"芭——芭！"灰眼睛鸽子叫道，"我们再也见不到你了。"就在它们咕咕叫着的时候，它们的羽毛开始脱落下来。

怪不得他从来没有看到过鸽子从洞眼里飞进飞出，早在他看到以前，里面已经是空的了。

随后，他来到了有椭圆形窗户的房子面前。

安东尼高兴地发现，窗子还在，它镶嵌在开满花的藤蔓中。

窗户里应该有一张照片，安东尼想。也许那张照片只是掉落下去了。你知道它们总是从妈妈的相册里掉落。但是，瞧，窗户里真的被放进了一张照片。一个温柔的声音响起："这是你汉娜姨妈，这还是在你出生以前。"

于是一个美丽的年轻女性的脸出现在椭圆窗户里。就在安东尼盯着看的时候，画面变成了坎泰尔先生，安东尼仿佛能看到他穿着的丝绸袜子。画面褪去，又变成了年迈的德莱斯戴尔先生。一张张照片飞快地翻着，有他的表兄妹、爷爷奶奶、外公外婆、叔叔、伯伯、朋友，有的记得，有的已经忘了，还有他爸爸……

"不要翻得那么快！"安东尼喊道。妈妈出现了……

"停下来,停下来!"安东尼乞求道。

但是照片一直变换下去,好像是有人在很快地翻动着页面,寻找着他最想要的一张。

"会是谁呢?"安东尼非常想知道。

"我不知道,我一直觉得总有一天,窗户里一定会出现一张特殊的脸。"

"是的,我也这么觉得,"安东尼说,"那会是谁呢?"

就在他迟疑的时候,一张照片闪现出来,是妈妈的相册中从来没有出现过的。那是一张飘忽不定而又终生难忘的脸,是他曾在剧场的脚光灯下看见过的脸——哦!那是他童年时代在磨坊池塘的水里寻找过的脸,是沉睡在水池里中了魔法的公主的脸。当他正在注视的时候,画面又变了,变成了一个小姑娘,她一双灰色眼睛睁得大大的,乱蓬蓬的头发胡乱地编成一根小辫子。

"你!"安东尼喊道。

小姑娘的眼睛盯着他。

"是她!"小男孩愤怒地说,"快走吧!"

他继续往前走。

小路变得越来越熟悉了。往事依依,历历在目。童年时代的美好生活又那么真切地浮现在眼前。不管经过多久,都令人难以忘怀，不管走多远，都希望能重回它的怀抱。

现在到了安东尼村庄的前一个村子了。绕过这些山间小道，就能走到傻子比利的棚子和蹦跳大娘的小木屋。他要帮比利把风筝飞起来，然后接受他的蘑菇；他要在蹦跳大娘的那床拼布被子上找出贝尔迪的布和自己的布；他要在马德威克那座灰农舍里，吃自己那碗李子加奶油。但不是现在，不是今晚。他已经在路上耽误了够多的时间了，地球的眼睛还在等着他呢。

穿过大树

安东尼从那条小路的最高处向下俯瞰，认出了群山中自己的村庄。什么都没有改变。穿过熟悉的老院落，再往前就是以利的作坊。向下蜿蜒的小路，使他看不见磨坊池塘。透过山坡上的树梢，他能一眼看到他家的房子。晚风吹着树梢摇动，在树下的某个地方，他的妈妈在扇着扇子，爸爸在书房，拉拉在厨房，而芭芭一定躲在某个地方等他回家，向他扑过来，责备他回家晚了。她还会因为他这么晚归来而特意给他准备一杯茶。

在到家之前，必须经过磨坊池塘，还要经过大门前那棵开裂的柳树。每当你想从树缝里钻过去，柳树就可能会抓住你（但是你必须这样从树缝里钻过去，否则，一定会错过什么的）。柳树再往前，就是那一方静静的闪耀着波光的池水。在池塘的某个地方，还藏着那个中了魔法的公主。安东尼一直不知道被施了魔法的公主变成了什么样子。是一朵花，还是一只鸟？再往前就是巫师的水车了。

安东尼顺着小路走下去，来到柳树前。当他挤进柳树裂缝时，感觉它比以前窄多了。

在安东尼出生的那个晚上，巫师把水车轮转得比平时快两倍。他从水车里拿出了那个最美丽的、像一个小女孩形状的魔咒。她穿着金子和银子做的布条衣衫，身后飘动着五颜六色的彩虹，赤着脚，额头上戴着一个金圈。巫师在金圈上面点了一滴池塘里的水，水滴在她额头上闪烁，像一颗宝石，又像是一只眼睛。

小女孩一离开巫师的手，就去找安东尼了。刚出生的安东尼在摇篮里第一次睁眼看到的就是她。那时她对他喊道："来呀，安东尼，跟我来！"他跟着她走进黑夜，穿过柳树，来到池塘。她让他坐在草地上，于是他看到了水中婴儿的倒影。然后，她就开始跳舞，她跳得太快了，她头上的那颗宝石抖落下来，掉在安东尼的膝盖上，因为它那么明亮，安东尼把它放进嘴里吞下去了。

过了一会儿，小女孩不跳了，她在池塘边探下身，从池塘里捧出一把蝴蝶，把它们抛过头顶，它们就在空中飞舞起来。她又从水里捧出一捧紫罗兰和报春花，把它们抛向身后的草地，它们立即就在那里生根生长。她一次次从水中捞出各种各样的东西：植物、动物，甚至太阳、月亮……都漫不经心地往周围一抛，它们就各自找到自己的位置，最后，草坪变成了一个应有尽有的小小世界。她又一次把手臂伸进水里，拉出了那个小婴儿。

"安东尼，你会永远做我的玩伴吗？"

小婴儿回应着。与此同时，安东尼睡着了。当他醒来时，他躺在摇篮里，但是，在第一个夜晚的梦里，他拿走了小女孩金圈上的宝石，并将它放进了自己的身体里，而把影子永远地留在了磨坊池塘里。

难怪他一天天长大了，却总不安分。他一直在寻找什么。妈妈看到他每天这样寻找，有时会问他："你想要什么，亲爱的？"

星期一他可能回答："我想要世界上最大的黑莓，妈妈！"

星期二他可能回答："我想要一个银闪闪的新东西！"

星期三他可能回答："我想要一盏真正的牛角灯。"

星期四他可能回答："我想骑有金色翅膀的马。"

星期五他可能回答："我想要不会坏的玩具。"

星期六他可能回答："我想跑得比电报线都快。"

星期天他可能回答："我要你最爱我，妈妈！那就是我想要的。"

妈妈尽量给他所有他想要的,但是当他得到后,很快就把它们抛在脑后了。如果可能,妈妈愿意给他任何他想要的东西,看到安东尼快乐,她就高兴;看到他哭泣,她就悲伤。她知道除了安东尼自己,没有人能帮助他找到他想找的东西。

安东尼想找的是他儿时的玩伴。那就是为什么他最喜欢去磨坊池塘。在那里,他出生那天晚上的朦胧记忆就会重现在他脑海。那里有关于那个小女孩、那个公主的一切。

然而,直到安东尼要离开地球的眼睛了,都还没有找到她。

现在,当安东尼费尽力气地试图穿过柳树裂缝的时候,他才意识到一件事:这么多年来他对小女孩的寻找都没有停止过。一闪念间,他感觉到自己终于被抓住了,成了那个古怪巫师的俘虏。他再一次抬头看向他童年时的天堂时,他看见他童年的玩伴正在池塘边。

他大声喊她,可是她并没有回望。她一直在草地上跳舞。他不在乎她是否回应他。只要她在跳舞,他就会一直看下去。

最后,她终于停下来,向池塘弯下腰,把手臂浸进水中,开始拉出池塘里的宝藏:植物、动物、彩虹……是的,他记得这一切。这时,像从前一样,她弯下腰,拉出了那个婴儿;接着又

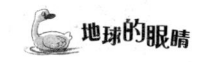

拉出了大一点点的手里捧着黑莓的安东尼；接着又是一个安东尼；她动作越来越快，不断地从魔幻的池水中拉出来几十个小安东尼，以及印在安东尼头脑中的其他人的形象：爸爸和妈妈、芭芭和拉拉、双手捧着太妃糖的皮尔斯先生、拿着刨子和奶酪的以利·道威斯、蹦跳大娘、傻子比利……

这些形象以越来越快的速度聚集起来，安东尼的心膨胀到像橡树的果实一样要炸开来——挣脱出他的被老巫师控制住的身体——它一定要获得自由，它要回到芭芭和拉拉那里去，回到爸爸的书房去，回到正在扇扇子的妈妈身边。他要回到草地上，和那一大群心爱的人在一起，为永远回归地球的眼睛付出任何代价，他都愿意。

好像是听到了他的许诺，她把脸转向了他——那张他从前看见过的脸！是木偶公主的脸——不对，等一等，是的，是美丽的米勒的脸——朝他走来，手里拿着一个金叶子编成的花冠。但是就在快到安东尼面前时，她渐渐变成了那个睁着灰眼睛的小姑娘，月桂花冠变成了金圈，而中间有一个孔，那里掉了一颗宝石。他立刻明白了，他需要付出什么代价。

如果不做这种牺牲就可以接触她就好了！如果能到她身边，又能保住宝石就好了！他拼命想从柳树裂缝里挤过去，但是办不到，那个巫师一直紧紧地抓着他。只有一个办法不让他永远抓住。

"拿去吧。"安东尼无奈地说。

当他说出这句话时，天好像打开了，水也分开了——一道闪电袭来，把他身上的东西扯了下来。他看见闪闪发光的宝石又回到了金圈上。那个圈在他的眼前扩展开来，变成了天体的圆周。那颗宝石也扩大开了，变成闪闪的液体，不是磨坊池塘，而是一汪海洋，像一只眼睛，倒映出整个天体。他生活中所有的形象都淹没在其中，包括他自己。

穿过大门

当他穿过大门，进入他童年的天堂时，他所知道的，就是一定会有什么东西被打破了。那又有什么关系呢？他的记忆并没有欺骗他，想象并没有给群山增加一道弯，没有使草地更碧绿。夜幕降临了，溪水在谷底潺潺，白嘴鸦呱呱地飞回巢中，公鸡在山坡上打鸣——他屏住呼吸等待着变化，但是一切依然如故。

就算有什么被打破了，那又有什么关系。不管是玩具、魔咒还是他的心，都永远是他的，而它们的美已经足够了。他穿过大门，看到的溪流还是那些溪流，蝴蝶花还是蝴蝶花，山还是那些山，他回去的那幢房子，过去是他的家，现在还是他的家。安东尼穿过果园的梨树和苹果树，来到他家门前，他停下脚步，回身后，地球的眼睛和从前一样，依然闪耀着魔法的光芒。